KB201680

구름이 겹치면

구름이
겹치면

신연선 장편소설

핀드

차례

서인

탁.

　현관문 닫히는 소리가 들리자 나도 모르게 한숨이 새어나왔다. 사우나 좀 하고 와야겠다. 계절이 바뀌더니 몸이 간지럽다던 할머니는 그렇게 말하고 외출했다. 오후 다섯 시. 엄마가 퇴근해 오려면 아직 한참 남은 시간이었다. 나는 집에 혼자 있다는 걸 알면서도 최대한 소리 나지 않게 책상 밑에 놓아둔 가방을 꺼냈다. 가방 안에 있는 것들은 눈을 감고도 찾을 수 있지만 이렇게 혼자 있을 때면 마치 안부를 묻듯 가방을 열어본

다. 고약한 취미이고 중요한 절차였다. 이건 가출가방
이니까.

　가방에는 사용하는 것과는 별도로 휴대폰이 하나,
충전기가 하나, 보조배터리가 두 개 마련되어 있다. 이
틀 전에 했던 것과 같이 보조배터리와 충전기를 꺼내
책상 옆 콘센트에 연결했다. 보조배터리 한쪽에 초록
색 불빛이 떴다. 충분히 충전되어 있다는 의미였다. 이
어 휴대폰을 켜고 액정에 떠 있는 배터리 잔량 숫자까
지 확인하자 한결 안심이 됐다.

　이 가방 안에는 일주일 치의 속옷과 양말, 그리고 생
리대가 있다. 옷은 최대한 얇은 것들로 여러 벌 챙겨두
었고, 은근히 무게를 차지하지만 요긴할 것이 분명한
스무 개들이 핫팩 한 세트도 넣었다. 진통제와 함께 있
는 지사제는 얼마 전 크게 배탈이 난 뒤에 사서 넣은
것으로, 밖에서 아프면 큰일이라는 생각에서 마련했
다. 우산은 얇은 우비로 대체하기로 했고, 플라스틱 물
통을 넣었다가 빼고 접이식 실리콘 물통이 있다는 것
을 발견해서 중고로 구매해두었다. 틈틈이 모아둔, 가

장 중요한 돈도 가방 안쪽에 잘 있었다. 익숙하게 점검을 해나가다 문득 이것이 나의 생존배낭 같아 쓸쓸해졌다.

어쨌든, 가장 중요한 것만 남긴다.

한동안은 짐을 채우기만 했는데 요즘은 짐을 더는데 시간을 더 보낸다. 며칠 전에는 습관처럼 사용하는 가글액을 빼기로 했다. 그걸 빼면서 엄마가 자주 내뱉곤 하던 "네까짓 게 나가서 하루나 버틸 것 같냐"는 말의 무게를 실감했다. 집 밖에서의 생활은 내 삶의 방식을 바꾸어야 한다는 의미와 다르지 않았다. 가방 안에 정리된 물건들을 유심히 살펴보았다. 오늘은 고심 끝에 일회용 샴푸 파우치 다섯 장을 빼기로 했다. 일단 비누 하나로 버텨볼 요량이었다. 그나저나 손톱깎이는 왜 넣었던 거야. 손톱깎이를 집어 손바닥 위에 올려놓고 형광등 불빛을 날카롭게 반사하고 있는 그것을 보았다. 잘 모르겠다. 이걸 빼는 게 낫나? 아니야, 아무래도 집 나온 걸 광고할 필요는 없지. 드러나는 부분은 청결하게 하자. 손톱깎이가 자리를 많이 차지하는 것도 아니고. 그러면 샴푸 파우치도 다시 넣을까?

가방 앞에서 나는 번번이 이렇게 헤맸다. 덜고 덜다 끝내 가방조차도 필요 없을 것 같은 기분에 빠지는 것까지가 가방을 여닫을 때 일어나는 과정이었다.

들쑥날쑥한 마음 가운데에도 집을 나가겠다는 마음만은 그대로.

엄마는 요즘 더욱 예측 불가로 화를 내고 신세를 한탄했다. 퇴근 후 마시는 술도 늘었다. 나는 최대한 늦게 집에 들어가고, 집에 들어가면 방 안에 웅크려 있다. 그러다 어제처럼 저녁을 거르는 상황이 오기도 하지만 그쯤은 아무렇지 않았다.

조금만 더.

나는 고등학교를 마치자마자 집을 나갈 것이다.

———

한 시간 전, 그것이 언제부터 보였느냐고 바인이 물었다. 나는 끝내 답하지 못했다. 집으로 갈 때 헤어지는 골목 입구에 멈춰 선 채였다. 우리는 그곳에 서서 삼십 분도 넘게 이야기를 나누곤 했다. 다리를 한쪽씩 들어가며, 허리를 두드려가며 시시콜콜 대화를 나눴고, 그럼으로써 집에 가는 시간을 최대한 미루었다. 어째선지 오늘은 어영부영 헤어졌다.

그러게, 언제였을까.

바인의 질문을 지금까지 생각하고 있다. 방 의자에 반쯤 누워서, 익숙한 벽지의 바랜 물결무늬를 바라보면서 생각한다. 천천히 시계를 거꾸로 돌려볼까. 선명하게 지나가는 몇 가지 장면 중에는 언제까지나 기억하고 싶은 것도 있고, 절대로 떠올리고 싶지 않은 것도 있다. 그리고 그 속에는 늘 어리둥절한 내가 있지. 나는 기억의 처음이라고 말할 순간에 이를 때까지 시계를 돌린다. 아쉽게도 정확한 때를 찾아내는 데는 실패한다. 그러니까 그걸 안 것은 아주 어렸을 때부터. 그렇게밖에 말할 수 없을 것이다.

내가 보는 세계가 다른 사람의 것과 같지 않다는 상상은 아무래도 하기 힘든 법이다. 자신을 이질 아닌 동질이라고 믿고 싶어 하는 것이 사람이라는 나약한 존재이고, 그 이질이 세상의 언어로 설명되지 않는 것이라면 더더욱 그럴 수밖에 없다고 지금의 나는 생각한다. 분명히 말하지만 일부러 비밀로 한 적이 없다. 봄과 여름과 가을과 겨울의 각기 다른 냄새들, 비가 오기 직전이나 눈이 내린 직후에 돌연히 바뀌어버리는 공기, 여름밤에 울려 퍼지는 풀벌레의 마지막 숨을 예감한 울음소리, 그리고 엄마가 화를 내기 직전의 순간적인 기척. 나는 내 눈에 보이는 것 역시 그런 것으로 여겼다. 보거나 만질 수는 없지만 당연한 것, 그 자체로 존재하는 것, 거기 있는 것으로.

누구나 저것을 관찰하고 있다고 생각했다는 이야기다.

"엄마, 저걸 뭐라고 불러? 사람들이 지고 다니는 거?"

"저건 그림자라고 하는 거야."

여섯 살 때, 엄마는 내 시선은 따라가 보지도 않고 땅바닥을 손가락으로 가리키며 대답했다. 그림자가 무엇인지는 당연히 알고 있었다. 나는 잠들기 전에 언제나 할머니와 늑대나 나비 같은 것을 손가락 그림자로 만들어 놀곤 했고, 그건 내가 열정적으로 좋아하던 놀이였다. 그림자는 단순하고, 어떤 모양이든 안전했다. 자유롭고 또 외롭고. 만질 수 있을 만큼 가까이 있는가 하면 기묘한 모양으로 멀어져버리기도 하는 것이었다. 그것은 원한다면 가볍게 되불러올 수도 있었다. 나는 그림자를 통제할 수 있다는 사실이 좋았다. 그러니 저것이 그림자가 될 수는 없었다.

내가 보는 것은 사람들의 어깨 근처에 있는 것으로 양쪽 어깨를 빙 둘러 두툼한 목도리처럼 걸쳐져 있는, 가끔은 활짝 펼쳐지기도 하는 무언가다. 그것은 누구에게나 있다는 점에서 그림자와 같으면서도 크기와 형태, 색깔이 죄 달랐다. 와중에 잠시도 가만히 있지 않고 모습을 바꾸었다. 파도처럼 물결치면서, 아지랑이처럼 피어오르면서 살아 움직였다. 뭐랄까, 그것은 온기 없는 불꽃처럼 보였다. 종잡을 수 없는 안개의 난폭한 춤처럼도 보였다.

불안, 놀람, 신남, 짜증, 안도, 충격, 행복, 기대, 좌절,

선망, 질투, 긴장, 열광, 분노, 고독, 설렘, 한탄, 희열. 그 밖에 채 이름 붙이지 못한 정념들까지 모든 감정이 거기에 담겨 있었다. 나는 그것을 고스란히 보았고 느꼈다. 달리 어찌할 수 있었을까. 고작 여섯 살이었던 어린 나에게는 그것을 설명할 언어가 없었다. 만나는 모든 이들에게 그것의 정체를 묻고 또 물으며 어리둥절한 채로 지냈던 기억이 난다. 사람들의 답은 빗나간 화살처럼 번번이 과녁을 비꼈다. 그들은 눈을 감고 있기라도 한 듯 앞에 있는 것을 보지 않았다. 저기 움직이고 있잖아. 저렇게나 분명하게 색을 띠고 있잖아. 어째서 저것에 대해 말하지 않아?

내가 물었을 때, 엄마 주변으로 탐스럽고 포근한 크림색 덩어리가 구름처럼 활짝 펼쳐져 있었다. 나는 그걸 보는 것만으로도 눈이 부셔서 내가 물은 건 그림자가 아니라고 바로잡지 않았다.

그것을 나 혼자서 '구름'이라고 불렀다. 다른 이름을 붙였다면 더 좋았을지 모르겠다. 어린아이가 사람들을 가리키며 시도 때도 없이 "구름!"이라고 한들 특별히 귀 기울일 이야기로 여기는 일은 거의 없었다. 구름이 내게 한 번도 비밀이지 않았던 건 그 탓일 것이다. 구름의 움직임이나 색깔을, 구름의 정체를 질문하면 사람들은 무슨 구름을 말하는 것인지 두리번거리고는 몇 번 되묻다 금세 흥미를 잃었다. 뭔 말을 하는 건지 모르겠네. 애가 엉뚱한 면이 있어. 그들은 내가 바로 곁에 있는데도 그런 말로 판단했다. 사람들은 자신이 이해할 수 없는 것을 쉽게 지루해했다. 그건 엄마도 마찬가지여서 엄마는 쓸데없는 소리라고 나의 구름 이야기를 일찍이 지겨워할 뿐이었다. 구름 같은 얘기는 그만해. 그런 말에 관심 있는 사람은 세상에 없어. 둥글둥글 평범하게 사는 게 최고야. 별나게 구는 건 사는 데 아무 도움이 안 돼, 황서인.

하지만 구름은 있다. 모든 이에게, 언제나 드리워 있다.

구름에 대해 좀 더 얘기해보자.

어떤 구름은 깨끗하다. 맑은 물속을 들여다보는 것처럼 상쾌하고 아름답다. 어떤 구름은 베일 듯 날카롭고, 아슬아슬하게 매달려 있는 작은 조각들이 늦가을 낙엽처럼 금방이라도 후두두 떨어질 것 같다. 어떤 구름은 날개가 아닐까 싶게 펼쳐져 있는 반면 어떤 구름은 단단하게 공처럼 뭉쳐 있다. 마치 천 개의 발이 제각각의 방향으로 이동하려는 듯 사방으로 뻗치고 있는 구름도 있다. 그런 구름은 멀리서 볼 땐 둥글지만 가까이 갈수록 뾰족한 돌기들이 주변 공기를 위협하는 것을 볼 수 있다. 한편 대부분의 구름은 어느 정도 투명해서 시야를 막지 않는데 때로 완전히 불투명한 구름도 있다. 그런 구름을 언젠가 본 적이 있다. 어쨌거나 모든 구름은 어딘가 조금씩 제가 둘러싼 사람을 닮았다. 나로서는 거기에 시선을 두지 않기가 더 어려운 노릇이었다.

의식도 못 한 채 구름을 탐구했던 것은 시시때때로 화를 내고 나와 할머니를 향해 소리 지르는 엄마 때문이었다. 귀를 막고, 눈을 돌려 주변의 구름을 바라보면 두려움도 외로움도 희미해졌다. 덕분에 나는 구름을 가끔 이용할 수도 있게 됐다.

아홉 살 때의 이야기.

그 시절 친구들의 구름은 대체로 비슷한 질감과 색을 갖고 있었다. 다양한 빛깔이 독특하게 조화를 이룬 그 구름들을 지금도 가끔 떠올린다. 어떤 마찰이나 압력을 받기 전 인간의 구름은 마치 갓난아기의 발바닥처럼 보드라운 법인지도 모른다. 그 부드러운 것들 틈에서 어제와 다른 구름을 데려온 친구들은 금방 눈에 띄기 마련이었다. 나는 달라진 구름을 가지고 온 친구를 보면 즉시 다가가 물었다. 무슨 일 있었어? 너 지금 왜 슬퍼? 내가 물으면 그 아이의 구름은 잠깐 하늘 방향으로 퉁, 튀어올랐다. 이내 구름이 살포시 가라앉고, 친구는 놀랍고 새로운 이야기를 들려주었다.

함께 살던 강아지가 강아지별로 떠난 이야기, 엄마 뱃속에 동생이 들어 있는 걸 알게 됐다는 이야기, 시험 볼 때 앞자리에 앉은 친구의 답을 보고 썼다는 이야기, 집에 사촌이 놀러 오는 게 싫지만 안 그런 척한다는 이야기, 할머니가 동생에게만 사탕을 준다는 이야기, 학교 앞 문방구에서 지우개를 슬쩍 했더니 밤새 배가 아팠다는 이야기…….

구름은 무한의 이야기 상자였다. 세상을 그리는 지도였고, 엄마가 화를 내며 내게 입힌 상처를 잊게 하는 마법의 알약이었다. 나는 구름 덕분에 주위의 세계와 안전하게 연결될 수 있었다. 내게만 있는 특별한 장난감처럼, 구름이 있는 한 나는 결코 혼자가 아니어도 되었다.

내 생애 가장 포근하던 시절의 이야기이다.

지
윤

하루에도 수십 번씩 두 생각이 싸운다.

아니, 이건 틀린 말.

모두 포기하고 사라져버리고 싶다는 생각은 강력하
다. 이 생각은 오만한 챔피언처럼 우뚝하게 서 있다. 서
서, 한 세계를 꽉 막아버린 장벽인 양 나를 가둔다. 매일
더 몸집을 키운다.

한구석엔 곧 사라질 이슬 같은 생각이 하나 있다. 이
대로 지지 말자는 생각은 태양 같은 챔피언 곁에서 당장
이라도 증발해버릴 것 같다. 애써 의식하지 않으면 있는

지조차 알 수 없는 이 생각은 작고 악바리 같다. 부딪히고 터져도 한 번씩 일어나 챔피언에게 도전한다. 당연히 타격은 거의 없다. 챔피언은 비웃는다. *넌 절대 나를 이길 수 없어.* 악바리는 맞고 또 맞다가 쓰러진다. 점점 더 작아진다. 회복에 더 많은 시간이 걸린다.

내 마음은 전쟁터다.

머리로 나는 악바리를 응원한다. 생활이라는 것을 해보자고 다짐한다. 악바리는 번번이 짓밟히고, 챔피언에게 굴복당한다. 도저히 이길 수 없는 싸움을 지켜보는 일은 지긋지긋하다. 그럼에도 이 싸움 외에는 아무 생각도 할 수가 없다.

친구들은 묻는다. 요즘 왜 이렇게 자주 멍을 때려. 왜라니. 나는 멀미가 난다. 요동치는 마음을 감당하는 것 말고는 할 수 있는 게 없다. 자칫하면 부글부글 끓는 마음들이 몸 바깥으로 지저분하게 흘러나올걸. 터지기 직전인 마음을 막는 데 힘쓰느라 밥을 먹는 것도, 친구들과 수다를 떠는 것도, 수업에 집중하는 것도 도저히 할 수 없다.

빙하가 천둥 같은 소리를 내며 와르르 무너진다. 부서진 빙하 아래, 까마득한 심해로 몸이 가라앉는다. 사무치게 춥다. 온몸이 얼어붙는다. 엄청난 압력에 사지는 마비된 듯 묶인다. 나는 깨닫는다. 이대로 나는 질식해 죽게 될 것이다. 삼 초, 이 초, 일 초……. 나는 완전한 체념이 무엇인지 안다. 오직 사라지는 것밖에 할 수 없겠다는 절망의 마음을 분명하게 의식한다. 남은 것은 끝의 끝까지 나를 혐오하는 목소리뿐이다. 목소리는 말한다. *쉽게 사라질 수도 없을걸. 너에게는 그럴 용기도 없어. 영원히 이 고통을 느끼며 살아야 해. 평생토록.* 하늘이 땅으로 꺼지고, 곧이어 땅이 하늘로 솟는다. 주위가 빙빙 돈다. 나는 더 깊은 곳으로, 철저하게 어두운 곳으로 떨어진다…….

간신히 눈을 뜨자 창을 통해 들어오는 시퍼런 단명이 사물들의 모습을 드러내 보이고 있다. 그것들이 점점 제 날카로운 면을 드러낸다. 시계가 가리키는 건 여섯 시 십오 분. 나는 잠시 지금이 아침인지 저녁인지 가늠하지 못한다. 창 가까이에 놓인 싱글 침대, 발치에 자리한 작은 서랍장과 티브이, 주방이라고 부르기에 옹색한 싱크대와 소형 냉장고, 이 인용 식탁이 놓인 주방 겸 거실. 나의 작은 원룸은 열흘 전 엄마가 다녀간 후 그대로다. 철 지난 옷을 왜 아직 정리 안 했어. 유통기한 지난 것들은 바로바로 버려야지. 환기도 좀 하고. 여자 혼자 사는 방이라고 누가 믿을까. 엄마 욕먹게 할래. 식탁은 또 왜 저렇게 어지러워……. 엄마는 가만가만 잔소리를 하며 집을 정리하고 갔다. 엄마 말 기억해, 하면서.

얼마나 소용없는 말인가. 엄마가 올 때면 벼락치기로 해왔던 최소한의 집 정리조차 할 수 없던 나는 엄마에게 그렇게 무언가를 들키고 말았다.

살고 싶지 않다. 살고 싶다.

휴대폰을 본다. 지금 움직일 수 있는 건 엄지손가락뿐이다. 살아 있다는 느낌이 그곳에서만 올라온다. 화면을 올리고 올리고 올리고 올린다. 꺼지지 않는 알고리즘의 세계 속에서 허우적대다 간밤의 꿈을 떠올린다. 끼쳐오는 한기로 양팔에 닭살이 돋는다. 다시 화면을 올린다. 그러다 한 장면에 머물기도 한다. 인기 많은 코미디언이

하잘것없는 농담을 하고 있다. 저희가 하는 것도 진짜 사랑이라고요오오. 과장된 절규가 원초적인 감각을 건드린다. 픽, 웃다가 나를 향한 혐오감에 입술을 다문다. 웃을 수도 있구나? 이 일을 겪고도? 머릿속 판관이 차가운 목소리로 뇌까린다. 다 네 잘못이잖아, 넌 완전히 끝났어. 전으로 돌아갈 기대는 하지 마. 이건 영원히 계속되는 벌이란다.

알고 있다.

하지만 작게 억울한 마음이 올라온다. 그래도 살고 싶어. 이런 마음을 품는 게 욕심은 아니잖아. 내가 뭘 어떻게 할 수 있었겠어? 여기서 뭘 더 하겠어? 이건 내 잘못이 아니야, 난 피해자야……. 그렇게 남은 힘을 모두 쥐어짜 항변하는 목소리가 이기기를 바란다.

성공하지 못한다.

벌써 일주일째 아무것도 하지 않고 침대에 누워 있다. 그러는 동안 몇 번인가 친구의 연락을 무시했고, 한두 번쯤은 '응' '다음에' 하고 답을 했다.

나를 짓누르는 이 무거운 이불을 걷어내고 싶다. 오

늘은 학교에 가고 싶다. 가야 한다. *간다고 뭐가 달라져?* 이렇게 있을 수는 없다. *그냥 있어.*

천천히 눈을 감았다 뜬다. 다시 한번 감고, 뜨고, 숨을 들이마셨다, 내쉰다. 이불을 조금씩 침대 구석으로 민다. 내 몸을 덮는 것이 아무것도 없어질 때까지. 갑자기 어떤 모습이 떠올라 심장이 빠르게 뛴다. 힘껏 호흡. 나는 아주 천천히 몸을 일으킨다. 부들거리는 손으로 침대를 짚는다. 차디찬 방바닥에 발이 닿는 걸 느낀다. 다리에 조금 더 힘을 준다. 비틀거리며 방 한가운데에 선다. 앞이 깜깜해져 잠시 쪼그려 앉는다. 눈을 감고 생각한다. 외출하려면 무엇을 먼저 해야 하나. 떠오르는 것이 없다. 눈을 뜬다. 제일 먼저 보이는 것은 양말이다. 손을 뻗어 침대 옆에 돌돌 말려 있는 양말을 주워 신는다. 왼쪽 발에 겨우 한 짝을 끼워 넣었을 때 샤워를 해야 한다는 걸 깨닫는다. 영원히 벗겨지지 않을 것 같은 양말과 씨름을 하다 마침내 벗어 던진다. 기듯이 욕실로 간다. 숨을 크게 쉬고 자리에서 일어선다. 치약도 바르지 않은 칫솔로 피가 나도록 양치를 한다. 빈속인데도 뭔가를 게워낸다. 도저히 서 있을 힘이 없다. 샤워기 아래 쪼그려 앉아 물을 틀고 비누칠을 한다. 물이 너무 뜨겁다. 피부가 빨개진다. 그대로 둔다. 짧게 오줌이 흐른다. 물이 닿는 부분은 지나치게 뜨겁고 닿지 않는 부분은 너무 춥다. 다리에 피가 통하지 않는다. 물을 잠그고, 수건을 꺼내려 일어나다 미끄러진다. 겨우 세면대를 잡아서 넘어지지 않았다. 다시 한숨을 한 번. 그대로 욕실 문에 기대 침대를 바라본다. *그냥 침대로 돌아가자.* 아냐, 오늘은 그러지 않을 거야. 나는 학교에 갈 것이다. 까슬한 수건으로 몸에 묻은 물기를 천천히 닦아낸다.

스치듯 본 거울 속에는 새파래진 입술을 덜덜 떨고 있는 낯선 사람이 있다.

———

일이 터진 것을 알게 된 것은 지난봄이었다.

나는 언제나 봄을 좋아했다. 사람들의 서둘러 가벼워지는 옷들이 귀여웠다. 노란빛에 가까운 연둣빛의 새싹

들이 사랑스러웠다. 그랬던 마음은, 영영 돌아오지 않을 것이다. 그 봄의 모든 것이 얼마나 징그러웠나. 성급하게 망울을 터뜨리는 하얀 매화가, 가지마다 요란하게 맺힌 샛노란 산수유꽃이, 야단스럽게 줄지어 늘어선 개나리꽃 울타리가, 저들끼리 무언가를 축복하듯 휘날리는 은은한 벚꽃이 나는 끔찍했다. 그로부터 비웃는 소리가 들려왔다. *날 쳐다보지 말아줄래? 더러우니까.* 제 천진함을 뽐내면서, 나 같은 인간 따위의 고통은 아무 상관 없다는 듯 꽃들은 환하게 나를 비웃었다. *너 같은 괴물이 우리와 어울리기나 해?* 나는 화사한 웃음 같은 꽃들을 마주칠 때마다 그런 목소리를 들었고, 사죄하듯 봄의 것들을 피해 다녔다. 기억한다. 나는 차라리 뚝뚝 떨어져 짓이겨진 목련 꽃잎을 보며 위로를 받았다. 아직 삶의 열기를 품은 꽃잎을 무심하게 밟고 지나가는 사람들이 있었고, 그들을 원망하다 울어버린 적도 있다.

　그랬는데 가을이다. 두 계절이 어떻게 흘러갔는지 알 수 없다. 나의 시간은 사진 속 그 순간에 고정되었다. 지극히 사적인 순간—그때 나는 안전하다고 느꼈을까 ─ 에 찍힌 그 사진은 영원히 사라지지 않을 것이다. 일이 그렇게 된다는 건 내 일이 아니었을 때도 알고 있었다. 내 일이 될 거라고 생각하지 않았을 뿐. 모르겠다. 어떻게 그 찰나가 사진에 담겼는지. 왜 사랑으로 가득해야 할 시간이 지옥의 순간이 되어버린 건지.

그 애는 결단코 아니라고 했다. 어떻게 자기를 의심할 수 있느냐고 되레 화를 냈다. 너 나 못 믿어? 난 진짜 그런 거 관심도 없어! 날 그딴 짓이나 하는 사람으로 보고, 진짜 사람 구질구질하게 만드네. 화낼 곳은 내 쪽이 아니었는데도 그 애는 나에게 화를 냈다. 나도 지지 않았다. 네가 아니면 누구냐고 울며불며 따져 물었다. 헤어지기 전, 나를 보던 그 애의 눈을 기억한다. 거기에는 한 톨의 연민도 없었다. 그것은 거의 완벽에 가까운 멸시였다.

시간이 지날수록 그 애의 마지막 눈빛만이 남는다.

돌이킬 수 없는 잘못을 저지르고 말았다는 생각을 자꾸 한다. 어떤 게 진짜 잘못인가에 대해서도.

순하다. 나는 순하다는 말을 너무 자주 들어서 진력날 정도였다. 어째서 그것이 칭찬이 되는지 알 수 없었으나 내가 순해질 때마다 엄마는 몹시 행복해했다. 나는 엄마의 행복을 깨트리고 싶어 하지 않는 애였다. 말이 안 되는 말이지만, 그래서 고집스럽게 순했다. 외출하고 올 테니 책을 읽고 있으라고 하면 엄마가 돌아올 때까지 엄마가 곁에 있는 듯 책을 읽었다. 돌아온 엄마에게 책 읽는 모습을 보여주고 싶었다. 그때 듣게 될 한마디, "역시 내 딸"을 기대했다. 엄마의 눈빛은 그럴 때만 빛났다. 나는 어디서든 순한 애를 연기할 수 있었다.

당신들은 진짜 나를 몰라. 아무것도 모르지.

일 년 전, 수능을 한 달 앞둔 고 3의 내가 앉아 있던 교실에서도 그랬다. 징그럽게 굴기로 유명했던 중년의 남 선생이 자습 시간에 교실에 들어온 지 십 분이나 됐을까. 선생은 교실을 어슬렁대다 내게 다가와 대뜸 "지윤이는 천생 맏며느릿감이다"라면서 등을 천천히 쓸었다. 아주 천천히. 발이 천 개 달린 지네의 손길 같았지만 나는 문제집에 얼굴을 박고 가만히 있었다.

영어 진짜 미친 거 아니냐. 맨날 왜 저래, 재수 없게. 쟤는 진짜 교사 노릇 못 하게 해야 돼. 다 증거로 남겨야 하는데. 하, 그럴 에너지도 없어, 나는. 얼른 여기 뜨는 게 상책이야. 숨 막히게 고요한 자습시간이 끝나고 우리만 남은 교실에서 반 친구들은 남선생을 두고 이러쿵저러쿵했지만 나는 괜찮았다. 다른 애들을 향해 다리가 예쁘다느니, 너는 첫 키스를 일찍 했을 것 같다느니, 남자친구랑 둘이 있을 때 조심하라느니 같은 말에 비하면 이런 일은 아무것도 아니었다.

나는 적어도 순(종)함 덕분에 어떤 시절을 무사히 지났다.

몇 개월 뒤, 나는 너무 뛰어나지도, 많이 뒤처지지도 않는 성적으로 서울에 있는 대학교에 진학했다. 엄마는 집을 나와 혼자 살기 시작한 내게 '내 딸 믿어'라는 말을 주문처럼 건넸다. 나에게인지 자신에게인지 모를 '믿어'라는 말의 기능이란 어떤 것이었을까. 엄마는 신입생 환영회니 엠티니 하는 일들로 나의 귀가가 늦어지는 것을 알았을 때도 변함없이 저런 말을 주워섬겼다. 믿는

다. 그럴 때마다 나는 나의 순함을 무기 삼았다. 그럼요,
엄마.

이대로만 연기하며 살면 세상의 불운 같은 것은 쉬이
나를 비껴가리라고 믿었다. 아니, 불운 같은 건 상상도
하지 않았다.

그런데…….

그 사진을 보고 난 뒤로 거울을 보지 못한다. 사진 속
의 나, 희미한 조명 아래 무방비로 흐트러져 있는 나는
내가 아는 내가 아니었지만 분명한 나이기도 했다. 나는
내 얼굴을 피하고 피하다 무심코 마주하게 되는 순간에
어김없이 사진 속 그 사람이 되어버린다. 길 한복판에서
도 순식간에 옷이 벗겨지는 기분이 된다. 따가운 시선이
맨몸에 날카롭게 닿는 걸 느낀다. 거리에 유리창이 그렇
게나 많다는 걸 사람들은 알기나 할까. 식당에서 밥을
먹다가도, 친구들과 카페에 가서도, 서점에서 책을 고르
거나 버스에 몸을 싣고 가다가도 그 사진 속 얼굴을 목
격하고는 머리채 잡히듯 그 순간으로 돌아갔다.

순한 사람 연기에 나 자신도 속았던 거야.

터무니없는 생각인 걸 알면서도 자꾸만 순함에 속았다는 생각에 빠진다. 엄마의 주문처럼 나는 나를 믿었고, 그것은 잘못이 아니었는데. 이제는 아무도 믿지 못하게 되어버렸다.

서
인

엄마 주위로 구름이 회오리치고 있다.

엄마의 구름은 살면서 만난 그 어떤 구름보다 바쁘
게 움직이고, 쉽게 모양을 바꾸고, 자주 탁해졌다. 구름
으로 엄마의 상태를 알아차리는 것이 먼저였는지, 사
나워지는 엄마를 보고 구름을 이해하는 것이 먼저였는
지 생각해보았다. 잘 모르겠다. 다만 엄마의 구름이 빠
르게 움직이기 시작하면 엄마는 목소리를 높였고, 엄
마가 미친 듯 화를 낼 때면 구름은 점점 불투명한 색으
로 바뀌었다. 그 색이라는 것은 설명하기가 곤란하다.

물감 세트의 모든 색을 조금씩 다 섞으면 그와 비슷한 색이 나올 것 같은데 결코 완전히 검정은 되지 않는, 어디선가 본 듯도 하지만 주변에서 쉽게 발견되지 않는 색이라고 하면 어떨까. 만약 그 색에 맛이 있다면 썩은 물 아래 가라앉아 있는 흙덩이의 맛일 거라고, 나는 자주 상상했다.

"빨리 나와서 밥 먹으라고 했지! 왜 내가 또 소리 지르게 만들어? 너 아니어도 나 지금 충분히 짜증 나니까 당장 나와. 황서인! 지금 내 말 무시해? 밥 안 먹을 거면 평생 굶어! 안 말릴 테니까!"

엄마가 토하듯 뱉어내는 저것, 그 에너지는 그 어떤 섬세한 관찰자나 문장가도 정확히 전하기 어려울 것이다. 언어들은 겨우 어떤 순간의 일각을 보여주는 데 불과하다.

말하자면, 호흡이 힌트였다. 이럴 때 엄마는 서서히 숨 쉬는 것을 잊었다. 불규칙한 들숨과 날숨이 엄마를 사로잡았다. 소리를 지르고 화를 폭발시키다가 이윽고 호흡이 불편해지면 그것이 일종의 신호가 되고, 엄마는 어쩔 수 없다는 듯 혹은 마침 잘됐다는 듯 붙잡고 있던 끈을 놓아버렸다. 입구가 터진 주머니에서는 온갖 감정이 쏟아져나왔다. 불을 밟고 있기라도 한 것처럼 방방 뛰며 화를 내는 미친 엄마. 세상 모든 것을 적으로 만들어버리는 엄마. 그 주위에서 구름은 놀랍도록 빠르게 회전하고, 나는 거기에서 바람마저 부는 것을 느낄 때가 있다.

그러니까 바로 지금.

나는 바람이 이는 걸 보자마자 방문을 꼭 잠그고 책상에 엎드려 눈과 귀를 꽉 닫는다. 이 순간은 끝나게 돼 있어. 저 폭풍에 말려들지 마. 번번이 상처받지 마. 엄마는 말릴 수 없는 사람이고, 너는 엄마와 다른 사람이야. 참아야 해. 그렇지만 이 간절한 주문의 효과는 신통치 않다. 내 심장은 두방망이질하고, 자꾸만 땅이 꺼져버리는 기분에 빠져든다. 그래도 계속하는 이유는 그간 써본 방법 중 이것이 가장 덜 상처 입는 수라는 것을 알기 때문이다.

엄마와 똑같은 기운으로 소리 지르며 맞선 적이 있

다. 이 년 전 그날을 정확히 기억한다. 중간고사가 끝나고 담임과 진로상담을 한 날이었다. 담임은 가고 싶은 고등학교가 어디인지, 하고 싶은 것이나 되고 싶은 게 있는지를 비롯한 갖가지 질문을 던졌다. 직업적 의무감에 던지는 말일 뿐이라는 걸 알았지만, 그래서 어떤 대답을 해도 특별한 의미가 되지 않을 거란 걸 알았지만 회색빛 구름이 가득 찬 삭막한 상담실에서 나는 담임의 질문에 답하는 것이 대체 나에게 무슨 의미가 있는지 의심하지 않을 수 없었다. 담임이 정말 내 미래를 궁금해하는 건 아닐 테니까. 내가 무엇보다 원한 것은 나의 현재를 물어봐주는 것이었다. 지금과 마찬가지로 그때도 소원은 엄마가 할머니나 나를 그만 괴롭히는 것뿐이었다. 내 성적은 책상에 앉아 있을 때만 나를 내버려두는 엄마로 인한 부수적 결과일 뿐이었는데 담임은 어떻게 내가 무엇을 꿈꿀 수 있다고 말하는 것인지 도무지 이해할 수 없었다. 그따위 것들 모두가 내게는, 할머니 말마따나 깨소금 같은 얘기였다. 하지만 이런 이야기를 차마 입 밖으로 낼 수 없어서 나는 그저 묵묵

부담으로 자리를 지켰다.

담임은 내 성적이면 과학고등학교도 노려볼 수 있을 것 같은데 왜 이렇게 욕심이 없느냐고 말했다. 그렇게 말하는 담임의 구름이 미세하게 탁해지는 것을 보면서 그것은 담임 자신의 욕심이기도 하다는 걸 알 수 있었다. 장래희망이나 고민 같은 것을 물을 때와는 분명히 다른 구름이었다.

고민 있으면 언제든 선생님한테 얘기해라. 끝내 아무 답 하지 않는 나를 빤히 바라보던 담임은 낮게 한숨을 쉬고는 말했다. 공부는 절대 게으름 부리지 말고 지금처럼만 하자, 황서인, 하며 상담을 종료했다. 중요한 얘기는 그것이었을 것이다.

그래놓고 엄마에게 전화를 한 것이다. 담임이 엄마에게 무슨 말을 했는지 모르지만 상담 내용이랄 게 없었다는 점을 생각하면 엄마를 거슬리게 할 내용은 없었을 텐데도 엄마는 퇴근 후 집에 돌아오자마자 내 방문을 벌컥 열며 소리를 질렀다.

"너는 어떻게 돼먹은 애가 상담 하나를 제대로 못 해

서 나한테 전화가 오게 만들어? 전화 받느라 얼마나 사장 눈치를 본 줄 알아? 그래, 너 뭐가 되고 싶은데? 왜 그 간단한 질문에 말 한마디를 못 하는데? 왜?"

나는 이 모든 질문에 대한 근본적인 답이 자기 자신에게 있다는 걸 꿈에도 상상하지 못하는 엄마의 얼굴을 바라보았다. 나와 닮은 그 얼굴을. 그 얼굴에 참을 수 없이 화가 났다. 내가 잘못했다고 말해야 하나? 대체 뭘 잘못했는데? 이렇게 함부로 방문 열고 들어오지 말라는 말을 단 한 번도 지키지 않는 사람에게 나는 또 고개 숙이고 싶지 않았다. 더 이상 내 잘못이 아닌 일에 혼나고 싶지 않았다. 엄마의 반복적이며 터무니없는 윽박과 분노를 이번만큼은 그냥 받아내고 싶지 않았다. 솔직히 이제는 엄마를 이길 수 있다는 확신도 있었다. 나는 엄마만큼이나 지치지 않고 소리 지를 수 있었고, 엄마와는 달리 목이 쉬거나 울지 않을 수도 있었다(고 믿었다).

"내가 뭘! 왜 맨날 나만 잘못했다고 해? 말도 안 되는 말을 하는 건 엄마야. 그리고 제발 소리 좀 그만 질러!"

엄마를 향해 전에 없이 큰소리를 내는 나를 보고 깜짝 놀란 할머니가 아이고, 서인아, 잘못했다고 해라, 너까지 엄마한테 그럼 못쓴다, 하며 엄마와 나 사이를 막아섰다. 슬프게도, 엄마는 물러설 생각이 조금도 없었다.

"이 싸가지없는 년이 머리 좀 굵었다고 대들어? 너혼자 큰 줄 아나본데, 그렇게 세상 다 알고 잘났으면 내 집에서 나가! 나가서 하루나 버티는지 볼 테니까. 큰소리치면 내가 뭐 놀라기라도 할 것 같아? 못된 버릇을 제대로 고쳐놔야 정신을 차리지? 어?"

"엄마는 나가라는 말밖에 할 줄 모르지? 내가 그 말에 겁먹을 것 같아? 하나도 안 무섭거든! 얼마나 대단하게 위해준다고 그래? 짜증 나니까 엄마나 내 방에서 나가!"

내 작은 방이 엄마와 나의 탁한 구름으로 차올랐다. 나는 흐릿한 시야에도 굴하지 않고 엄마만큼, 아니 엄마보다 더 크게 소리를 질렀다.

엄마는 지치지 않았다. 나를 세상에 둘도 없는 천한

인간으로 만드는 욕설을 퍼부었고, 그것은 차라리 자기 얼굴에 침을 뱉는 일이었는데도 그런 말을 하는 데 망설임이 없었다.

그리고 끝내 그 말을 내뱉었다.

"저걸 낳는 게 아니었어."

나는 그 말과 동시에 집 안의 전기가 나간 줄 알았다. 한순간 방이 어둠에 잠겼기 때문이다. 엄마의 흥분한 숨소리와 할머니의 물기 어린 한숨이 변함없이 들려오는데 앞이 전혀 보이지 않았다. 양손을 펼쳐 손바닥을 내려다보았다. 역시 눈앞에는 어둠뿐, 보이는 것이 아무것도 없었다.

"불, 불 나갔어, 할머니……."

"아이고, 서인이가 뭐래냐. 너도 이제 그만해라. 엄마가 돼가지고 애를 이겨먹으려고 하면 되냐?"

"할머니……?"

당황한 나를 거지 같은 현실로 끌고 오는 건 역시 엄마였다.

"꼴에 사춘기라고 반항씩이나 하는데, 이럴 때 아주

정신을 바싹 차리게 해야 돼. 야, 황서인, 그런 눈으로 보면 어쩔 건데? 내가 못 할 말 했어? 어? 낳아준 걸 감사하게 생각하지는 못할망정. 너 때문에 내 인생이 이 모양 이 꼴이 됐어. 알기나 해? 너 진짜 눈 제대로 안 뜰 거야?"

엄마는 나를 향해 계속해서 소리를 질렀지만 나는 그런 엄마의 모습은커녕 한 치 앞도 볼 수가 없었다. 그제야 알았다. 그 순간 내 구름이 완전하게 어두워져 나를 휘감았다는 사실을. 그게 나의 시야를 완전히 막아버렸다는 것을.

순수한 분노의 감정을 나는 그렇게 알았다.

그러니 그 말까지는 듣지 않으려고 하는 것이다. 정확하게 말하자면, 나는 그때의 구름을 결단코 다시 만들고 싶지 않았다. 나는 그런 사람이 아니야. 나는 그런 구름을 얹고 사는 사람이 되고 싶지 않아. 그래서 이 순간 오직 나만 생각했다. 귀를 틀어막고 방에 숨어서 웅크린 채로. 엄마가 그렇듯이 이기적으로. 그렇다. 엄마나 나나 이기적인 인간이다. 결국 나는 엄마에게서 뻗어나온 썩은 줄기가 아닐까. 나는 입술을 세게 깨물었다. 아무도 책상에 엎드린 내 얼굴을 볼 수 없겠지만 내 얼굴은 잔뜩 구겨져 있을 것이다. 접혀버린 종이는 영원히 자국이 남는다. 내게 또 하나의 마디가 생겼다. 나는 그런 생각에 절망을 느끼다가 필사적으로 바인을 생각하려 노력했다. 그런 구름이 휘몰아칠 땐 나를 생각해. 내가 옆에 있다고. 우리 둘을 제외한 모두가 집으로 돌아간 교실에서 천천히 가방을 싸던 바인이 그 말을 하며 짓던 표정을 선명히 기억한다. 연약하면서도 단단한 표정을 하고, 바인은 나를 똑바로 보았다. 그리고 말했다. 내가 옆에 있어.

방 밖에서 아휴 못살아, 내가 죽어야지, 하는 할머니의 탄식이 들렸다. 마치 그 말을 기다렸다는 듯 현관에서 벨이 울렸다. 짧은 정적이 집 안에 감돌았다. 아무도 막지 못할 것 같던 엄마의 횡포가 짧게 울리는 현관 벨소리에 뚝 끊겼다. 정적. 다시 벨 소리. 밤 아홉 시가 넘은 시간이었고, 여자 셋이 사는 조그만 집에 찾아올 만한 방문객을 바로 떠올릴 수 없었으므로 엄마와 할머니는 당황해서 서로를 마주 보고 있을 뿐이었다. 나는 방에서 나와 얼마나 소리를 질렀는지 눈이 다 붉어진 엄마를 지나쳐 현관으로 갔다.

문 앞에는 경찰관 두 명이 서 있었다.

그들은 지극히 권태로운 표정으로 말했다.

"집에 어른 안 계신가요."

언젠가 이런 순간이 오기를 간절히 기도한 적이 있었다. 나를 도와줄 어른이 찾아오기를. 엄마에게 이것은 심각한 폭력이라고 정확하게 말해줄 사람이 나타나기를. 그래서 이 지옥 같은 일상을 끝내주기를. 그렇지만 막상 기다렸던 상황이 닥치자 차오르는 감정은 황당함이었다. 그러니까, 이제 와서? 이번이 엄마가 가장 심했던 날도 아닌데. 그동안 바깥세상은 사람이라곤 없는 듯 침묵했었다. 그때마다 나는 우물 안에 갇힌 것 같은 공포를 느꼈고, 이 순간은 그럴 때마다 간절하게 기다렸던 작은 공기구멍이었다. 나는 마주 선 경찰들을 복잡한 마음으로 바라보며 내가 뱉은 들숨과 힘겨운 날숨을 부자연스럽게 호흡한다는 사실을 의식했다.

드디어 왔구나.

곧 뒤따라 나온 엄마가 옷매무새를 만지며 말했다.

"무슨 일이시죠?"

"신고가 들어왔습니다. 아동학대가 의심된다고요."

"학대? 무슨 말씀이세요. 아니, 누가 그런 이상한 신고를 했대? 옆집에서 그래요? 그냥 애한테 밥 먹으라고 큰소리 좀 낸 건데……."

"네, 저희도 들었습니다. 밖까지 아주 크게 들리던데요. 선생님, 조용히 좀 해주세요. 신고 또 들어오면 이렇게 간단히 못 끝내요."

"그럼요, 당연하죠. 네네, 죄송합니다."

"부탁드리겠습니다."

엄마는 경찰들의 등에 대고 깊게 허리를 숙인 뒤 살며시 현관을 닫았다.

나는 문이 닫히는 소리를 들으며 주방으로 가서 손도 안 댄 음식들을 정리하고 설거지를 했다.

지
윤

고개를 숙이고 걷느라 몇 번이나 사람들과 부딪쳤다.
아무리 부딪치고 부딪쳐도 고개를 들 수가 없었다. 지하
철엔 너무 많은 유리창이 있었다. 창마다 내 사진이 걸
린 것 같았다. 아, 씨발, 앞 좀 보고 다녀! 역 바깥으로 나
와 어깨를 치고 지나가는 큰 덩치의 남자에게 고함까지
듣자, 제법 서늘한 바람이 부는데도 등허리에 땀이 흘
렀다. *집으로 돌아가자. 아냐, 학교에 갈 것이다. 오늘은
해볼 것이다.* 나는 아랫입술을 꽉 깨물었다. 그러고는
지하철역에서 학교까지 가는 십오 분 거리의 길을 악바

리처럼 걸었다. 완연한 가을인데도 이마에 땀이 송골송골 맺혔다. 전에는 가뿐하게 걸어 다니던 이 거리가 지금은 끝이 보이지 않는 사막같이 느껴졌다. 그래도 갈 것이다. 학교에서 아무것도 변하지 않은 척 연기할 것이다. 그것을 해내야 한다.

깨끗이 빨아 다린 흰 셔츠 ─ 그 일 이후 강박적으로 세탁에 집착한다 ─ 를 내려다보았다. 다행히 어긋난 단추는 없다. 단추를 잠그는 일이 이렇게나 고된 일이었나 싶게 옷 입는 동작 하나하나에 너무 큰 힘이 들었다. 차림새는 평범한 하루를 시작하는 그저 그런 사람으로 보였다. 이 정도면 괜찮겠지. 하지만 나는 알아. 화장으로도 가릴 수 없이 눈 밑이 푹 꺼진 이유를. 갖고 있던 옷이 죄다 헐렁해질 만큼 살이 빠져버린 이유를. 친구들은 다이어트 비법을 물어오고, 해줄 말이 없어 나는 아무 표정 짓지 않는 것으로 답을 대신했다.

강의실에 도착하는 데 평소의 두 배가 걸렸다. 마침내 구석 자리에 앉았다. 재빨리 땀을 훔치고 노트북을 열었다. 그 순간 어느 틈엔가 다가온 동기 여자애가 손에 든 휴대폰 화면을 내게 보이며 조심스럽게 물었다.

"있지…… 이거 너 아니야?"

나는 숨이 막혀 아무 말도 하지 못했다. 방금까지 땀이 흘렀는데 돌연 익숙한 한기를 느꼈다. 대체로 어두운 가운데 내 얼굴과 벗은 몸만은 정확하게 담긴 한 장의 사진을 나는 눈을 감고도 볼 수 있었다. 다만 사진 한 장, 아니 무려 사진 한 장이 이 순간에도 복사되어 퍼지고 있었다. 꼼짝없이 거기에 갇혀버린 것이다.

사진이 어디서 났느냐고 물어야 할지, 내가 아니라고 거짓말을 해야 할지 판단이 서지 않았다. 간신히 막아온 마음의 둑이 무너지기 직전이었다. 나는 온 힘을 다해 배꼽 주위에 힘을 주고 이게 뭐야, 되물었다. 안타깝게도 약간 쉬어버린 목소리가 나왔다. 그때 어디선가 나타난 예은이 말했다.

"여기 내 자린데. 교수님 오셨어. 네 자리로 가라."

나는 예은을 바라보지 못했다. 손끝이 저릿해서 고개를 숙인 채 손만 자꾸 주물렀다. 예은은 나지막한 목소리로 말했다.

"저런 애들이 꼭 있다니까. 뭐가 알고 싶은지도 모르면서 기웃거리고 다니는 애들 진짜 지겹다. 신경 쓰지 마."

예은은 알고 있었다. 알고 있는 것이다.

나는 겨우 목소리를 짜내 예은에게 어떻게 알았느냐고 물었다.

"기욱이 때문에. 걔네 동아리 형들이 돌려보고 있더래. 기욱이는 그런 애 아닌 거 너도 알지. 걔가 정색하니까 형들이 기욱이 보는 앞에서 사진은 다 지웠다던데, 혹시나 한다면서 나한테도 보여주더라. 기욱이가 갖고 있는 사진은 당연히 내가 지우라고 했어. 걱정 마. 별일 없을 거야. 무슨 일 생기면, 나도 가만 안 있을 거야."

난 영원히 이 지옥에서 빠져나올 수 없을 것이다. 순식간에 절망을 맛보게 하는 곳. 거듭 더러운 진흙탕에 나를 내다 꽂는 곳. 간신히 벗어나면 곧바로 뜨거운 불구덩이에 나를 던져버리는 곳. 이어 찢어지게 차가운 얼음물에 빠뜨려 정신을 앗아가는 곳.

예은이 뭐라 말하지만 윙윙대는 소리로만 들려왔다.

나는 식은땀으로 축축해진 손바닥을 꽉 맞잡은 채 버텨 보았다. 예은에게 뭔가를 말하려고 했지만 입이 떨어지지 않았다. 모래를 머금은 것처럼 입이 까칠했다. 예은의 주변이 점점 어두워지고, 예은마저 빙글빙글 돌았다.

쓰러지듯 책상에 엎드려 숨을 골랐다. 숨 쉬는 소리가 강의실을 꽉 채우는 것만 같았다. 예은이 내 등을 쓸어주는데 그 손길에 진절머리가 났다. 예은의 남자친구인 기욱이 그 사진을 봤다면 이 강의실 안에도 그 사진을 본 사람이 있지 않을까. 혹시 나를 알아본 사람도 있을까. 이게 쟤라고 낄낄거리기도 했을까. 그러고도 무해한 표정을 지어 보였을까. 아무렇지도 않게, 저렇게?

그 애와 헤어진 후, 나는 한동안 그 애가 일을 꾸몄다는 사실을 증명하는 데 몰두했다. 범인을 확인해야 했으니까. 범인을 알아내는 것만이 내가 이 치욕스러운 범죄에서 벗어나는 방법이라고 생각했다. 나는 범인의 추악한 얼굴을 보고 싶었다. 그래야 이 모든 일이 없던 것이 될 거라고 집착적으로 생각했다. 사진 속 장소는 그 애와 가끔 가던 곳, 그 애와 내가 내내 붙어 있던 공간이었다. 하필 그 애는 사진 바깥에 있었다. 그 애가 아니면 어떻게 이 모든 일이 가능하겠어. 그렇게 생각했다.

그러나 그 애와 갔던 곳은 누구나 갈 수 있는, 번화가에 위치한 모텔이었다. 또 그런 사진의 타깃은 여자일 터였다. 범인은 그 애가 앵글 바깥에 있는 순간을 노렸을 것이다. 그 애 말대로 어쩌면 그 애는 정말 범인이 아닐지도 모른다. 나 역시 그게 사실이기를 바랐다. 한때 마음을 나누던 사람이 나를 사진 속에 그런 모습으로 가두었다고 생각할 때마다 어떤 의지 같은 것이 조금 더 무너졌으니까.

누구인가? 대체 누가 이런 짓을 한단 말인가.

이윽고 나는 세상 모든 남자를 의심하게 됐다. 버스나 지하철에서, 공원에서, 식당에서 마주친 그들은 공공 화장실이나 여성 탈의실, 모텔이나 호텔 같은 숙박업소 혹은 그 모든 곳에 카메라를 설치하는 사람들이었다. 그들은 그렇게 찍은 사진이나 영상을 유포하는 사람들이었다. 그렇게 찍힌 사진이나 영상에 다른 여자의 얼굴을 합성하는 사람들이었다. 그들은 그런 사진이나 영상을 구해서 보는 사람들이었다. 그들은 그런 자료를 자신의 단순한 호기심이나 유희, 빌어먹을 우정을 위해서 보고 나누는 사람들이었다. 그들은 자신이나 자신의 지인은 결코 이런 일에 엮이지 않을 거라고 확신하면서 피해자를 더러운 존재로 쉽게 여겨버리는 사람들이었다. 그들은 자기 자신이 가해자라는 사실을 추호도 납득하지 않는 사람들이었다. 그들은⋯⋯.

나는 예은에게 속이 안 좋다는 핑계를 대고 서둘러 강의실을 빠져나왔다. 그러면서 예은의 말을 떠올렸다. 기욱이는 그런 애가 아니라니. 그런 애는 또 누구라는 거야. 나는, 너는 그런 애가 아닌가. 예은은 넘어져서 피흘리고 있는 사람을 향해 뒷짐을 지고 내려다보면서 괜찮냐고 묻는 사람 같았다. 구덩이에 빠진 나를 꺼낼 생각은 않고 구경만 하는 사람 같았다. 자기는 절대로 이런 일을 안 겪는다는 듯이. 왜 그렇게 조심하지 못했느냐고 나를 탓하는 듯이. 혹은 겨우 사진 한 장 가지고 엄살이 심하다는 듯이. 별일 없을 거야,라고 말하는 예은의 눈에는 분명 나를 자신과 다른 존재로 취급하는 시선이 있었던 것 같다. 넌 훼손되었잖아, 하고 말하는 눈. 나는 예은이 말할 수 없이 미웠고, 그 미움이 커질 대로 커져 너나 네 남자친구 조심해, 같은 말을 해버릴 것 같았다. 넌 그런 애가 아닌 것 같아? 따지게 될 것 같았다. 한 번만 더, 나를 한 번만 더 그렇게 쳐다보면 그때는 참지 못할 것이다.

이렇게 끔찍한 괴물이 되어간다. 내가 허우적대고 있는 진흙탕 속에 주변의 모든 것을 끌고 들어와 진흙 덩어리로 만드는 괴물이. 나를 바라보기만 해도 지옥으로 떨어지게 하는 무시무시한 괴물이. 보기만 해도 혐오감을 일으키는 고약한 열기를 먹은 그런 괴물이. 자, 괴물에게서 떨어져. 저리 가. 여기는 위험한 곳이란다.

———

겨우 바깥으로 나와 강의실 건물 뒤편 벤치에 쓰러지듯 기대앉았다. 떨어지는 낙엽, 그 낙엽을 쓸어 자루에 담는 사람들, 낙엽이 담긴 포대들이 차례로 보였다. 막

강의가 시작된 듯 희미하게 마이크 소리가 들려왔다. 저기가 아니라 여기에서, 나는 무엇을 하는 걸까. 내가 무엇을 할 수 있을까. 누군가가 나를 낙엽처럼 쓸어 자루에 담아줬으면 좋겠다고 생각했다. 어쩔 수 없다는 듯 버려지면 좋겠다. 그러면 여기에서 벗어날 수 있을 것이었다.

가방에서 진동이 울렸다. 엄마였다.

"딸, 다음 주 토요일에 가족 모임인 거 알고 있지? 오랜만에 오는 거니까 예쁘게 하고 와. 우리 딸 엄마가 얼마나 자랑을 했는데, 알았지?"

보고 싶다는 말을 듣고 싶다. 지윤아, 보고 싶어, 별일 없니, 잘 지냈지, 오랜만에 우리 딸 얼굴을 보면 엄마는 정말 행복할 거야. 어려운 말도 아닌데. 그 대신 엄마는 옷 없으면 좀 일찍 와서 같이 쇼핑하자, 예쁜 거 사 줄게, 살 많이 빠졌으니까, 뭐든 안 어울리겠어, 같은 말만 늘어놓았다.

지금도 엄마는 고개를 다소곳이 옆으로 기울이고 있을 것이다. 얼굴에 주름이 깊게 지는 일은 없을 정도로

만 웃고 있을 것이다. 혼자 있는 집에서조차 단정하게 머리를 빗어 올리고 에센스, 수분크림, 선크림으로 이어지는 기초화장을 하고서, 날씨와 기분에 따라 귀고리의 모양과 색을 신중하게 골라 착용했을 것이다.

엄마는 내가 열 살이 되었을 때부터, 생리하기 전부터 관리를 해줘야 한다며 허벅지니 종아리에 크림을 바르고 압박붕대를 감아줬다. 눈이 찢어지도록 머리카락을 세게 당겨 머리를 땋고 커다란 분홍색 리본 핀을 꽂아줬다. 걸을 때는 무릎이 스치도록 일자로 걸어야 한다고 지겹게 잔소리를 했다. 난 짧은 머리를 좋아하고 팔자걸음이 편했는데, 엄마의 순한 딸로 사는 게 더 익숙해서 그렇게 하지 않았다.

중학교에 진학할 때 엄마는 가장 먼저 교복 아래 받쳐 입을 속바지와 러닝셔츠를 다섯 세트 마련했다. 허벅지와 아랫배를 꽉 조이는 속바지 때문에 그때부터 내가 만성 소화불량에 시달렸다는 걸 엄마는 모를 것이다. 산 중턱에 자리한 학교에 다닌 탓에 점차 종아리가 굵어지자 엄마는 낙심을 숨길 생각도 없이 괜찮아, 내 딸, 엄마가 다이어트 시켜줄게, 좋은 시술도 요즘에는 많대, 하며 당신 스스로를 안심시켰다. 나는 엄마가 나를 사랑한다는 실감만 있으면 족했다. 그렇지만 그 실감은 내가 "네, 엄마"라는 말을 할 때만 잠깐 스쳐갈 뿐이었다. 그 짧은 순간에 중독된 나는 엄마를 위해서 중학생 때부터 일상적으로 다이어트를 하고 내가 싫어하는 것들을 참으며 엄마의 바람만을 수행했다.

그러니 우리 가족과 엄마의 여동생 가족이 모여 돌아가신 할머니와 할아버지를 기억하는, 일 년에 한 번 있는 가족 모임에 나를 잘 포장한 꽃다발처럼 데려가려는 엄마의 마음을 이해할 수 있었다. 그렇지만 지금 나는⋯⋯. 여전히 긴장된 숨이 떨린 채로 흘러나오는 걸 간신히 정리하고 대답했다. 갈게요.

가자. 거기 가면 보연이 있을 것이다. 이모의 딸 보연이. 보연은 어렸을 때부터 친구처럼 친자매처럼 지낸, 나와는 두 살 차이 나는 사촌 동생이다. 보연은 내가 연기하는 순함을 정확하게 알아차린 유일한 사람이었다.

"이 언니, 은근히 거짓말 잘한단 말이야."

언젠가의 가족 모임에서였다. 식사를 마친 가족들이 카페로 자리를 이동하는 중에 어른들과는 약간 떨어져 뒤에서 걷고 있는 나에게 보연이 속삭이며 말했다. 나는 내가 가장 잘 지어 보일 수 있는 순한 표정으로 뭐가? 했지만 보연은 팔꿈치로 내 허리께를 툭툭 치면서 그래봤자 나는 못 속이지, 했다. 그 웃는 얼굴이 맑고 예뻤다.

"언니, 나랑 있을 때는 연기 안 해도 돼. 우리 사이에 숨길 게 뭐 있냐. 어른들은 다 바보야. 우리가 무슨 말 하는지 알아듣지도 못하잖아. 나한테까지 그럴 필요 없어."

보연을 만나면 언제나 울지 않으려고 애쓰는 마음이 된다. 이번에도 그럴 것이다.

서인

바인은 신기한 애다. 구름이 안 보인다면서도 구름의 변화는 예민하게 느끼는 사람이 바인이었다. 어쩌면 바인에게도 구름 같은 것이 있을지 모르겠다고 나는 생각했다. 무슨 말이냐면, 바인에게는 비밀 같은 걸 절대로 만들 수 없다는 뜻이다.

"어제 너희 엄마 또 난리 쳤구나?"

환하게 웃는 바인이 내게 팔짱을 끼며 말했다. 신기하게도 키가 똑같아 바인과 나란히 서면 이 애의 시원한 눈매가 정면으로 보였다. 그 눈이 웃을 때 정확히 반

달 모양이 되는 걸 보는 게 좋았다. 바인의 얼굴에 가득 핀 장난스러운 표정을 마주하자 나는 단번에 어제 일을 잊을 수 있을 것 같은 마음이 됐다. 바인은 내가 보아온 그 누구보다 남다른 투명도의 무지갯빛 구름을 가진 사람이었고, 자신의 구름만큼이나 말간 눈빛으로 나를 지켜봐주는 사람이었다.

　바인의 예전 이름은 보연. 이 주 전, 문학 시간이었다. 뒷자리에 앉은 보연이 내 책상으로 쪽지를 던졌다. 적막 속에서 나른한 수업이 이어지고 있던 때였다. 엎드려 자든 다른 과목을 공부하든 상관하지 않지만 딴짓하는 것은 절대로 용납하지 않는 문학의 눈치를 보면서 나는 재빨리 쪽지를 손에 쥐었다. 왜 하필이면 문학 시간에. 책상 아래에서 가능한 온 신경을 모아 소리 나지 않게 쪽지를 펼치는데 손바닥에 땀이 뱄다. 마지막 순간에 쪽지를 바닥에 떨어뜨리고 만 것은 그 탓이었다. 나는 재빨리 그 쪽지를 발로 밟았다. 다행히 문학은 눈치채지 못했다. 하지만 이십오 분이 지나 마침내 수업이 끝났을 때는 쪽지를 밟은 왼쪽 다리에 쥐가 난 상태였다. 보연은 그런 나의 등을 팡팡 때리면서 깔깔댔고, 나는 뒤를 돌아 보연을 쭉 째려본 뒤 쪽지를 주워 들었다.

이름을 지을 거야.

쪽지에 적힌 이 간단한 문장을 다섯 번쯤 읽다 물었다. 누구 이름? 보연은 나, 하고 짧게 답했다. 이름을? 왜? 생각보다 더 높은 목소리가 튀어나와서 나는 미안하고 부끄러워졌다. 보연은 아랑곳하지 않고 심상한 투로 그냥,이라고 했다. 그냥. 그냥 이름을 바꾸고 싶을 수 있나. 그냥 이름을 바꿀 수 있나. 나는 보연의 마음을 이해하려 애쓰면서, 그러나 여전히 이해하지 못한 상태로 보연을 보았다.

"평생 불릴 이름을 나 아닌 다른 사람이 정했다는 거, 이상하잖아. 보연이라는 이름이 싫은 건 아니지만. 내가 원하는 이름을 만들고 싶다고 오래 생각했어. 더는 미루지 않을 거야. 네가 같이 정해주면 좋겠어."

보연에게 할 말을 찾고 있는데 수업 시작을 알리는

종소리가 울렸다. 나는 다시 몸을 돌려 교실 앞쪽을 보고 앉아서 생각했다. 실수를 했다. 내 이름에 들어 있는 '인' 자가 좋다고 하는 보연에게, 고등학생이 되면 제일 먼저 하려던 것이 이름 바꾸기였다는 보연에게 고작 "왜?" 따위의 말밖에 하지 못한 것이 마음에 걸렸다. 나는 아끼는 사과 모양 포스트잇을 가방에서 꺼내 보연에게 꼭 해야 할 말을 적었다. 보연을 바라보지는 못하고 손을 뒤로 뻗어 그것을 건넸다. 조금 뒤, 보연은 그 쪽지를 다시 돌려주었다. 펼쳐 보니 내가 '영광이야'라고 적은 자리 아래에 보연을 꼭 닮은 반달눈의 웃는 얼굴이 그려져 있었다.

그날부터 우리 사이에 쪽지의 비행이 이어졌다. 보연과 나는 떠오르는 글자를 여러 개 서로에게 전달했다. 그것을 '인'과 붙여보고, 쉬는 시간에는 완성된 이름을 함께 검색창에 넣어봤다. 이름 짓기 생각보다 어려운 일이네, 보연이 눈썹을 올리며 말할 때 나는 보연이 이 인생의 프로젝트를 완벽하게 해내고 싶어 한다는 걸 알 수 있었다. 어떤 결정은 중요할수록 망설이게 된다. 보연과 나는 지치지 않고 이름들을 조립했다.

그리고 마침내 그 수학 시간이 온 것이다. 지난 시간에 내준 숙제를 절반도 넘는 애들이 하지 않아 수학이 잔소리를 길게 하고 있었다. 페널티가 없는 숙제를 하는 고등학생은 아마 없을 거라고 나는 속으로 생각했지만 그걸 아는지 모르는지 수학의 잔소리는 이제 수학이라는 학문의 아름다움으로 뻗어갔다.

"아무리 문과라도 그렇지. 이놈들아, 잘 봐라. 수학이 얼마나 아름답냐? 아주 미적인 학문이란 말이다. 구조적으로 이렇게 완벽한데 어떻게 재미가 없냐?"

그 말에 귀가 번쩍 뜨였다. 재빨리 보연의 이름을 정자로 노트에 적고 글자를 한참 바라보았다. 한글의 자모를 수학 기호처럼 보니 완전히 새롭게 느껴졌다. 나는 '보'를 분해했다. 보의 ㅗ를 시계방향으로 90도 돌리면 ㅏ가 된다. 바와 인을 합치면? 바인. 무언가 좋은 것을 발견했다는 예감이 몸을 따뜻하게 채웠다. 나는 그 이름을 정성껏 적어서 보연에게 건넸다. 쪽지는 되돌아오지 않은 채 수업 시간이 끝이 났고, 뒤를 돌아보았을 때 보연은 반달눈을 하고 웃고 있었다.

"영어로 바인vine은 덩굴식물을 뜻한대. 지지대를 타고 덩굴을 만들어 살아가는 식물, 그 지지대를 거의 자기로 덮어줄 수도 있는 식물. 유연하고, 생명력 강하고, 온전히 자기 자신이면서도 함께 사는 식물. 이거 딱 너 같은데."

나는 부지런히 검색을 해보고 결과를 보연에게 설명했다. 말하고 나니 조금 전까지 보연이 바인이 아닌 다른 이름으로 불렸다는 사실이 오히려 이상하게 느껴졌다. 이제 너는 바인. 보연이 아니라 바인. 나는 소리 내 새 이름을 처음으로 불렀다.

"바인."

"응."

동시에 바인의 구름이 부드럽게 펼쳐졌다. 그것이 우리 주변을 가득 감쌌다.

그날부터다. 자신을 바인이라고 부르라는 말에 애들은 대부분 "역시 또라이"라는 반응이었지만 그런 데 바인은 조금도 신경 쓰지 않았다.

"너만 내 이름을 제대로 불러주면 돼."

나는 그런 바인을 선망하고, 아끼는 마음으로 바인이라는 이름을 정확하게 부른다.

"넌 진짜 귀신이야."

웃을 수도 울 수도 없는 마음으로 너스레를 떨자 바인은 나한테는 괜찮은 척할 필요 없다니까, 무슨 일이야, 하고 조용히 되물었다. 나는 경찰이 왔던 일, 잠깐이나마 뭔가가 완전히 바뀌리라는 기대를 품었던 것, 그게 하찮은 희망임을 곧이어 깨달았던 것, 다만 남은 밤만큼은 기묘한 평화가 유지되었다는 얘기를 해줬다. 엄마가 처음으로 뭔가에 눈치를 보기 시작한 것 같다는 얘기도. 그래봤자 누가 시끄러우니까 신고를 했겠지, 진짜 걱정해서 그랬겠어. 내가 퉁명스럽게 말하자 바인이 내 등을 치며 호탕하게 말했다.

"에이, 신고가 너무 늦었네!"

바인의 말이 맞다. 신고가 너무 늦었다. 크림색 구름을 펼쳐 보이기도 했던 엄마는 날이 갈수록 짜증이 늘었다. 설거지를 하다가 지겹다고 소리치며 고무장갑을 내팽개쳤을 때 식탁에 앉아 숙제하던 열 살의 나는 저녁 내내 딸꾹질을 해야 했다. 내가 중학생이 되자 엄마는 자주 늦은 밤까지 집에 들어오지 않았다. 술에 취한 엄마가 현관 앞에 쓰러져 아무리 깨워도 일어나지 않을 때면 나는 할머니를 도와 엄마의 양말을 벗기고 물티슈로 엄마의 손과 발을 닦아주었다. 발은 너무 뜨겁고 손바닥에는 굳은살이 너무 많았다.

엄마를 향한 내 마음은 때로는 따뜻해졌고 때로는 차가워졌다. 그러거나 말거나 엄마의 널뛰는 감정은 좀처럼 잦아들지 않았다. 도리어 시간이 지날수록 거침없어졌다. 엄마의 날카로운 구름이 그대로 날아와 나를 찔렀다. 번번이 그 소리에 맞고, 상처 입었다. 뻗쳐오는 구름의 공격을 피할 안전가옥 같은 것이 나에게는 없었다.

"이제 여러분도 학교폭력이 얼마나 심각한 문제인지 알겠죠. 신체적 폭력은 물론이고요, 언어적 폭력도 절대로 있어서는 안 되는 폭력입니다. 누군가 욕설이나

비하 발언을 한다면 그것 역시 언어폭력에 해당합니다. 절대로 혼자 고민하지 마시고 반드시 117 또는 학교 상담실로 신고해주세요."

중학교 3학년 때, 학교폭력 예방교육을 나온 강사에게서 이런 이야기를 듣자 내 머릿속에는 곧바로 엄마가 떠올랐다. 친구도 선생님도 아니고 엄마라니. 나는 죄책감을 느꼈다. 폭력이라는 단어에 엄마를 나란히 놓는 것이 미안했다. 그렇지만 정답을 찾아낸 것처럼 후련한 것도 분명한 마음이었다.

그리고 고등학교에 들어와 바인을 만난 것이다. 한 번은 바인의 권유로 함께 파출소 앞까지 간 적이 있다.

"네가 의식하고 있다는 것만으로도 너희 엄마가 변할 수 있어. 다른 힘을 빌려야 할 때도 있는 거잖아."

바인은 내가 하고 싶었는지도 몰랐지만 진짜 하고 싶던 말을 정확하게 해주었다. 그렇지만…… 망설이고 있는 나를 바인은 인내심 있게 기다려주었다. 양지바른 곳에 놓인 벤치에 나를 앉히고, 차갑게 식은 내 손을 따뜻하게 감싸주면서. 그러다 잠깐 있어봐, 하고는 근처 편의점에서 달콤한 커피와 카스텔라를 사 왔다. 바인은 빵을 반으로 뚝 떼어 내게 내밀며 말했다.

"나는 평생 너랑 이렇게 빵을 나눠 먹을 거야. 어디 가지 않을 거야."

빵을 한 입 물고, 커피를 한 모금 마시자 입안에서 빵이 부드럽게 풀어지며 달콤함이 든든하게 퍼졌다. 배가 차니 용기가 생기는 것도 같았다. 나와 눈이 마주친 바인은 나를 향해 작게 고개를 끄덕여주었다. 그렇게 조금 더 앉아 있던 우리는 곧 자리를 털고 일어나 파출소를 향해 걸어갔다. 심장이 뛰었고, 식은땀이 자꾸 났지만 바인이 있어 걸어갈 수 있었다. 바인은 땀이 배어나오는 내 손을 끝까지 놓지 않았다.

사각형의 삭막한 파출소.

그러나 그 차가운 건물은 나에게 말했다. 네게 자신의 엄마를 처벌해달라고 말할 용기 같은 것은 없을 거라고. 나는 바인의 손을 꼭 잡고 굳게 닫힌 유리문을 노려보다가 결국 집으로 돌아오고 말았다.

지
윤

집에 가기로 한 날짜가 다가올수록 가슴께에 얹힌 묵
직한 것에 무게가 더해졌다. 엄마도, 아빠도, 이모도 볼
자신이 없었다. 보연에게조차 지금의 모습을 보이고 싶
지 않았다. 결국 뭔가 단단히 들켜버릴 것 같다는 예감.
과연 그들을 속이고 지나갈 수 있을까. 고민이라고는 없
는 대학생 연기에 성공할 수 있을까. 그럼에도 내 안의
순종함이 자동 재생되었다. 나는 날짜에 맞춰 기차표를
예매했다.

역으로 마중을 나오겠다는 엄마를 한사코 말렸는데

엄마는 기어이 역에 나와 나를 기다리고 있었다. 엄마는 내 모습을 보자마자 얼굴을 찡그렸다. 팔이며 옆구리며 보풀이 잔뜩 올라온 카디건이 얇아진 내 두 어깨를 마치 잘못 날아온 이불처럼 덮고 있는 모습은 내가 봐도 한숨이 나왔다. 그나마 몸에 맞는 편인 무릎길이의 치마는 다시 보니 이상하게 돌아가 있었다. 퍼석한 피부는 아무리 애써도 화장을 먹지 않았다. 각질이 일어난 입술에 립스틱이 뭉쳐 있는 것은 엄마가 꺼내 준 거울을 보고서야 알았다.

젊은 애가 왜 이러고 다녀, 말하는 엄마의 피부는 나보다 훨씬 촉촉하고 팽팽했다. 봉긋하게 말아 잘 다듬은 머리, 귀에 매달린 미색의 진주 귀고리, 풍성한 속눈썹이 엄마를 더욱 빛나게 했다. 이대로는 사람들 못 만나니까 얼른 집에 갔다 오자. 피부가 왜 이렇게 건조해. 환절기에는 더 신경 써야 한다니까. 엄마가 쓰는 수분크림 줄 테니까 세수 싹 하고 그거 먼저 충분히 발라. 화장은 엄마가 다시 해줄 테니까. 시간이 빠듯하겠네. 너 좀 일찍 오라고 하길 잘했다. 엄마는 완곡하게 나의 구석구

석을 탓한 뒤 서둘러 운전대를 잡고 역 주차장을 빠져나
왔다.

나란히 앉은 차 안에서 엄마와 나는 한마디도 더 하지
않았다. 엄마가 서울 집에 다녀간 지 한 달 정도 지났으
니 아주 오랜만은 아니었다. 그렇다 해도 엄마는 할 말
이 그렇게나 없을까? 나는 단풍 든 가로수, 오래되고 익
숙한 간판들이 창밖에 스치는 것을 바라보았다. 엄마,
나 보고 싶었어? 묻고 싶지만 하지 않았다. 엄마가 먼저
이야기를 시작했기 때문이었다.

"우리 아랫집 있지. 지난봄에 갑자기 떡을 갖고 온 거
야. 자기네 애가 하버드에 합격했다나. 촌스럽게 누가
요즘 떡을 돌린다고. 어지간히 자랑하고 싶었나봐. 그
래봤자 내가 어디 그런 거 신경 쓰는 사람이니, 우리 착
한 딸이 있는데. 근데 너 이제 다이어트는 그만해도 되
겠다. 피부 상할 정도로 할 필요는 없어. 집에 있는 동안
같이 숍 가자. 넌 아직 어려서 금방 좋아질 거야. 어제
도 미용실 아줌마가 그러더라. 어쩜 그렇게 딸을 참하게
키웠냐고. 내가 우리 딸 사진 보여줬거든. 자랑 좀 했지.

이따 이모 만나면 얌전하게 대답 잘하고, 알았지?"

나는 엄마가 하는 말을 단 한마디도 소화하지 못하고 있었다. 지난봄이라는 말을 듣는 순간 차 안의 공간이 쪼그라드는 것 같았기 때문이다. 차창을 조금 내렸다. 숨통이 트이는 것 같았다. 하지만 엄마가 창을 닫으며 말했다. 머리 날려. 역에 도착한 순간부터 울고 싶었다는 것을 나는 그제야 깨달았다.

모든 것이 제자리에 있는 익숙한 집에 도착했다. 청결하지만 오래된 것들이 고여 있는 냄새가 났다. 이건 엄마의 냄새이기도, 언젠가의 내 냄새이기도 했다. 더 이상 나의 것은 아닌 냄새. 나는 이대로 눕고 싶은 마음이 간절해졌다. 힘이 도무지 들어가지 않는 팔다리를 이끌고 소파로 가 몸을 기댔다. 얼른 물 한 잔 마셔라. 내 쪽을 쳐다보지도 않고 엄마는 바쁘게 내가 갈아입을 옷을 고르면서 말했다. 물을 마시라는 말을 듣자 견딜 수 없이 목이 말랐다. 주방으로 가서 컵을 꺼냈다. 다시 손이 떨렸다. 컵이 돌덩이처럼 무거웠다. 컵을 다른 손으로 옮겨 들려는 찰나, 손에서 컵이 미끄러졌다. 컵은 밑을 수 없게 천천히 바닥으로 떨어졌다. 깨져버린 하얀 머그잔의 잔해가 바닥에 불규칙하게 널브러졌다. 소리에 놀라 방에서 뛰어나온 엄마가 얕게 한숨을 내쉬며 말했다. 왜 이렇게 칠칠치 못해. 너 밖에서도 이러는 거 아니지? 엄마는 아무튼 다른 사람한테 피해 주는 거 딱 질색이야. 명심해. 학점 관리 못 하고 취업 못 해서 찌질거리는 것도 주위에 민폐야. 아무리 경기가 어렵다 해도 그건 무능력한 인간들한테나 해당하는 말이지, 정신 똑바로 차리고 지금부터 준비하면 못 할 거 하나도 없어. 그게 남한테 폐 안 끼치고 사람 노릇 하면서 사는 길이라는 거 잊지 마.

엄마는 내가 실수하기를 기다리기라도 한 사람처럼 말을 쏟았다. 나에게 하는 말인 듯 자신에게 거는 주문인 듯 중얼중얼 얘기를 계속했다. 말은 말인데 도무지 이해되지 않는 말들이 나를 통과해 허공으로 사라졌다. 물걸레로 바닥을 훔치는 동안에도 엄마는 옷매무새를 신경 쓰느라 부자연스럽게 움직였다. 그게 몹시 불편해 보였다. 나는 망가진 로봇처럼 아무것도 하지 않고 서 있었다. 조금 전까지도 하나의 완벽한 컵이었던 것이 부서지고 싹싹 쓸려 쓰레기통으로 들어가는 꼴을 멍하니 바라보았다.

엄마가 방으로 다시 들어가고 나서야 오른쪽 정강이에 배어나온 피가 보였다. 허리를 조금 굽혀 손바닥으로 피를 훑었다. 피가 붉게 번진 손바닥을 잠시 내려다보다 싱크대로 가 대충 닦아버렸다. 피를 보자 정신이 조금 들었다.

아직 살아 있어.

이런 게 위로가 된다.

———

모임 장소는 집에서 멀지 않은 한정식집이었다. 십오 분 정도 되는 거리였는데 엄마는 아빠에게 운전을 시키고 왕처럼 차 뒷좌석에 앉아 끝도 없이 화장을 고쳤다. 이모와 보연은 차가 없었다. 이곳에 오려면 버스를 두 번 갈아타야 할 정도로 교통편이 좋지 않았는데, 엄마는 늘 이 식당을 모임 장소로 정했다. 음식이 깔끔하고 식당이 조용하다는 이유였지만 나는 보연과 이모에게 늘 미안한 마음이었다. 누구도 싫은 내색을 안 하니 번번이 그 결정에 따르는 수밖에 없었지만.

안내받은 '매화' 방으로 들어갔다. 이모와 보연이 환하게 웃으며 우리를 반겼다. 일찍 왔네? 엄마는 인사를 그렇게 대신하곤 안쪽 자리에 아빠를 앉혔다.

"오랜만이야, 처제. 보연이도 잘 지냈지?"

"그럼요, 이모부도 잘 지내셨죠? 지윤 언니 완전 오랜만이다. 어떻게 지냈어? 자유를 만끽하는 중?"

밝고 착한 보연이 아무 악의 없이 던진 말에 무릎이 꺾였다. 구겨지려는 얼굴을 재빨리 숨겼다. 다행히 아무도 그런 나를 눈치채지 못한 것 같다.

"안녕하세요, 이모. 별일 없으셨죠?"

목소리가 흔들리지 않게 애를 쓰며 대화를 이모에게로 넘겼다. 희박한 공기 속에 불시착한 것처럼 숨이 가빴다. 나는 누구와도 시선을 맞추지 않고 천천히 물을 마셨다. 약간 뜨거운 듯한 물이 목을 타고 뱃속으로 내려가는 걸 고스란히 느끼면서.

"말도 마. 너희 엄마가 전화만 하면 네 얘기를 그렇게 한다. 누가 보면 해외 유학이라도 간 줄 알겠어. 지윤이가 알아서 잘할 텐데 언니는 뭐가 그렇게 걱정이야?"

"걱정은, 내가 언제. 보연이는 공부 잘하고 있어? 지윤 언니 네 나이 때 새벽에 일어나 공부하고, 학교 갔다가 야자까지 하고 밤에 오느라 고생했던 게 아직도 생생하다, 나는. 지윤이 라이딩하느라 나도 진짜 고생했는데. 그래도 보연아, 너무 부담 갖지 마. 마음만 먹으면 못 할 게 뭐가 있어. 너도 지윤 언니처럼 서울로 대학 갈 거지?"

보연은 나를 향해 새초롬 웃으며 네, 열심히 하고 있어요, 했다. 엄마가 원하는 답이 무엇인지 다 안다는 표정이었다.

음식이 하나씩 나오고, 딱 그만한 속도로 지루한 대화가 오갔다. 아빠의 사업 얘기에 이모는 적당히 걱정과 관심을 기울이고, 엄마는 보연의 진로와 진학에 아슬아슬한 질문을 던졌다. 그럴 때면 보연은 요즘 저 예민하니까 자세한 건 묻지 마세요, 하며 너스레를 떨었다. 그에 어른들이 기분 좋게 웃었다. 나는 물에 뜬 기름 한 방울처럼 겉돌며 어색하게 자리를 지켰다. 그러나 웃는 타이밍을 반 박자씩 놓쳤다. 내게 도착한 질문을 이해하지 못해 여러 번 묻게 만들었다.

생각지도 못하게 다행인 점은 이 식당이 한 상 차림 형태가 아니라 코스로 음식이 나오는 곳이라는 것이었다. 음식을 남겨도 직원이 눈치 좋게 접시를 치워주는 덕에 각자가 먹은 양을 구체적으로 가늠할 수 없었다. 도저히 목으로 넘어가지 않는 떡갈비와 잡채, 전복버터구이나 해파리냉채 따위를 억지로 먹을 필요가 없어 무엇보다 안심이었다. 젓가락을 부지런히 놀리면서 음식을 부숴놓으니 이 자리에 있는 어느 누구도 내가 최근 가장 많이 들었던 말, "왜 이렇게 못 먹어?" 같은 질문을 하지 않았다.

"언니, 서울엔 언제 다시 가?"

식사가 거의 끝나고, 시원하고 달콤한 매실차가 담긴 깨끗한 유리잔이 모두의 앞에 하나씩 놓였을 때 갑자기 보연이 물었다. 아빠는 시간 되면 며칠 푹 쉬다 가라, 했고 엄마는 얘가 그럴 시간이 어딨어, 했다. 모두의 시선이 나에게 모였다. 나는 어찌할 바를 몰라 찻잔에 시선을 둔 채 다만 엄마와 아빠의 말이 끝나지 않기를 바랐다.

"상의하고 싶은 얘기가 있어. 시간 되면 언니 서울 가기 전에 우리끼리 만나고 싶은데. 괜찮죠, 이모, 이모부?"

보연의 말을 듣자 오늘 당장이라도 서울에, 내 방에, 꼭꼭 숨어들어가고 싶던 마음이 사라졌다. 나야말로 보연의 존재가 필요했다. 하나도 말할 수 없겠지만. 그래도.

우리는 보연의 학원이 끝나는 일요일 오후 두 시, 역 근처 카페에서 만나기로 약속했다.

서인

학교에서 바인과 나는 점심을 먹은 뒤 자주 운동장을 뛰었다. 더부룩한 속이 내려가는 것과 더불어 잡다한 생각들을 씻어내리는 데도 달리기는 효과가 좋았다. 먼저 달리기 시작한 건 바인이었는데 여학교 점심시간의 운동장이란 대체로 비어 있기 마련이어서 훈련이라도 하는 듯 뛰는 바인의 모습은 눈에 띄었고, 외로워 보였다. 교실에 앉아 그 모습을 보고 있으면 어깨 뒤에서 왜 저렇게 튀고 싶어 하냐, 다이어트하는 거겠지, 유난이다, 하고 수군대는 목소리들이 들려왔다. 그 지저분한 말들에 당장 반박하고 싶은 마음을 누르고 같이 달리기로 한 게 벌써 몇 달째. 이제는 또라이가 두 명이 됐다고 목소리들이 떠들었지만 더 이상 신경 쓰지 않아도 됐다. 달리는 순간에 우리는 한껏 자유로웠기 때문이다.

오늘도 바인과 나는 충분히 몸을 풀고 머리를 질끈 묶고 힘차게 달렸다. 마침 등 뒤에서 바람이 불어 다리가 가벼웠다. 정물처럼 멈춰 있던 등나무 아래 벤치들, 닫혀 있는 교문, 매점으로 가는 건물 뒷길, 이름 모를 꽃들이 피어 있는 잘 관리된 화단이 차례로 우리 뒤로 지나갔다. 처음에 저런 건 눈에 들어오지도 않았는데. 지금은 그것들을 하나하나 눈에 담으며 달리는 여유가 생겨 뿌듯했다. 나란히 달리는 바인의 숨소리가 노랫소리처럼 들리기까지 했고, 이대로 계속해서 함께 달릴 수 있다면 좋겠다고 기쁜 마음으로 바랐다.

다섯 바퀴쯤 돌았을 때, 바인이 선언하듯 말했다.

"나도 너랑 같이 갈 거야."

뭐라고? 같이 간다고! 헉헉, 뭐라고? 나는 앞서 달리는 바인의 들썩거리는 등을 향해 차오르는 숨을 헐떡거리며 물었다. 뭐라고? 간다고! 바인과 나는 달리기를 멈추지 않고 같은 말을 몇 번이나 반복했다. 시트콤이 따로 없네, 잠깐 멈춰봐, 바인, 멈춰! 등에 대고 소리를 지르자 그제야 달리기를 멈춘 바인이 뒤를 돌아 상기된 얼굴로 나를 향해 걸어왔다. 개구지게 웃고 있을 거라 생각했던 나의 예상은 틀렸다. 덩달아 내 얼굴도 바인의 표정을 따라 굳어버렸다. 우리는 운동장 한쪽에 서서 서로를 노려보았다. 바인은 꾹 다문 입을 열어 다시 한번 말했다.

"너 혼자 못 보내. 같이 갈 거야."

바인은 그동안 오래 고민했다고 말했다. 내가 혼자 있는 것이 싫다고, 곁에 있을 거라고, 성인이 된다는 건 자기가 원하는 선택을 내릴 수 있는 거라고도 말했다.

선택에 책임져야 하는 것도 성인이야, 하고 말하는 내 목소리가 의도보다 더 경직되게 들렸다. 달리기로 숨이 차서 그런 거라고 바인을 속일 수 있다면 좋겠지만, 바인은 그렇게 무감한 사람이 아니었다. 나는 동요

하는 마음을 한숨으로 달래기 위해 노력하면서 심호흡을 하고 말했다.

"내가 너의 가출 동기가 되는 거야? 그런 거 진짜 싫어. 너는 집이 좋다고 했잖아. 엄마랑 둘만 있는 집에서 너만 나오면 너희 엄마는 어떡할 건데? 왜 너까지 나를 힘들게 해? 이미 난 이 문제로 충분히 골치가 아파. 그냥 지금처럼 있어줘. 부탁이야."

화가 나기도 하고 서럽기도 한, 서운하기도 하고 미안하기도 한 복잡한 마음 탓에 내 구름이 어깨 아래로 낮게 가라앉는 것을 보며 나는 말했다. 바인의 구름 역시 나와 거의 비슷한 모양이었다.

"이 문제로 너와 다툴 생각은 없어. 결정은 이미 내렸으니까."

바인은 단호한 한마디를 남기고 뒤돌아 교실로 뛰어갔다. 운동장을 뛴 이래 우리가 따로 교실에 들어간 것은 이번이 처음이었다. 그 모습을 바라보면서, 어디서부터 잘못된 건지 생각하려 애썼다. 바인을 불안하게 하는 것이 무엇일지 생각하고, 어떻게 그 애를 설득할

지 생각하고, 결국은 바인의 결심을 꺾을 수 없다는 예
감에 속상해하며 오후 수업을 알리는 종이 울릴 때까
지 나는 그 자리에 멍하니 서 있었다.

———

"서인아, 엄마 너무 미워하지 마라."

언젠가 조용히 방으로 들어와 나를 내려다보던 할머
니가 하던 말을 기억한다. 내가 잠들었다고 생각했는
지 할머니는 숨소리를 죽이며 말했다. 엄마 너무 미워
하지 마라. 나는 그대로 잠든 척해야 한다는 사실을 직
감했다. 흐린 실눈으로 할머니를 훔쳐보았다. 할머니
의 구름이 가늘게 흔들리고 있었다. 그 구름은 살짝만
건드려도 파사삭 부서져버릴 것처럼 약한 것이었다.
속이 상할 정도로 위태로워 보이는 구름이었다.

할머니는 엄마가 고생을 많이 했다는 말을 힘겹게
꺼냈다. 엄마가 다섯 살 때 할아버지가 죽고, 할머니는
어린아이 셋을 혼자 키워야 했는데, 그러느라 집에서

무슨 일이 벌어지고 있는지는 몰랐다. 쳐 죽일 놈. 할머니는 엄마의 오빠, 그러니까 나는 존재조차 몰랐던 외삼촌을 그렇게 표현했다. 오라비라는 놈이 어린 동생을 그렇게 괴롭히고 있었는지 나는 정말 몰랐다. 네 엄마가 얼마나 독한 줄 아냐. 나한테 그런 얘기 한 번을 안 했거든. 그러다 나한테 걸린 거지, 그놈이.

할머니는 산에서 고사리를 끊어다 팔고, 쑥이니 비름나물이니 집 근처에서 흔히 나는 것들을 악착같이 캐다 시장에 팔면서 근근이 하루를 벌고 또 살아갔다. 열세 살밖에 되지 않은 큰딸에게 어린 두 동생을 맡기고 집을 나서는 마음은 언제나 죄인의 것 같았다. 죽고 싶은 적도 한두 번이 아니었다. 그래도 그게 어디 되냐. 까맣게 어린것들을 두고 나까지 세상을 등질 수는 없는 노릇 아니냐. 하루 한 끼도 챙기기 힘든 날이었지만 어린것들 입에 풀칠이라도 하려면 매일 산과 장을 오가는 수밖에는 없었다. 그때는 다들 그러고 살았어. 할머니는 말했다.

그날은 고사리를 절반도 못 팔아 고스란히 지고 돌

아오는 길이었다. 몸도 마음도 천근만근이었다. 고사
리 한 자루를 못 팔아서 새끼들 배를 곯게 한다는 생각
을 하니 창자가 꼬이는 것 같은 자신의 허기는 신경조
차 쓸 것이 아닌 것처럼 여겨졌다. 해가 저물어가는 장
터에 앉아 한숨을 푹푹 내쉬던 할머니는 더 뭉개고 있
어야 별 뾰족한 수가 없겠다 싶었고, 여느 때보다 이르
게 집으로 돌아왔던 것이다. 동네 어귀에서 희미하게
들려오던 비명은 집이 가까워질수록 선명해졌다. 할머
니가 집에 도착했을 때는 그 소리를 내는 이가 막내딸,
그러니까 엄마가 내지르는 소리라는 걸 알 수 있었다.
너희 외삼촌, 아니다 그런 자식은 삼촌 될 자격도 없다,
그 호래자식이 내 딸을 있는 대로 패고 있는 게 아니겠
냐. 그게 어디 사람이냐. 저보다 약한 걸 핍박하는 건
사람도 아니다. 내가 눈이 뒤집혀서 방으로 뛰어 들어
가 그 자식을 잡는데, 참 나 그 녀석이 내 손을 피하지
도 않아. 언제 그렇게 키는 커가지고 ─ 너희 할아비가
키가 컸지 ─ 나를 밀치고는 그대로 집을 나갔어. 그놈
이 열한 살이나 됐을 때였나. 그게 마지막이었다. 할머

니는 하나뿐인 아들의 소식을 그때부터 지금껏 한 번도 들은 적이 없다고 말했다. 죽었나 살았나, 소식 정도는 들려올 줄 알았어. 할머니는 그 말 뒤에 꽤 오래 말을 하지 않았다.

할머니는 그때부터 어딜 가든 엄마와 이모를 데리고 다녔다. 엄마보다 여섯 살이 많은 이모 덕분에 때로는 혼자 다닐 때보다 장사가 수월했다고도 했다. 이모는 야무진 사람이었다. 할머니가 도라지를 까고 있으면 곁에 앉아 "싱싱한 도라지 있어요! 도라지 사세요!" 하고 목청껏 외쳐서 사람들의 눈길을 끌었다. 그러면 같이 있던 엄마는 그게 신나는 놀이라도 되는 양 "사세요! 사라구요!" 하면서 새된 소리를 내질렀다고 했다. 도토리 같은 아이들 둘은 시장 사람들의 활기가 되었다. 그때는 하루 벌어 하루 먹는 생활도 재미가 있었어. 걔네가 아니었으면 나는 벌써 세상 하직했을 거다.

전과 달리 준비한 것들은 자주 일찍 팔렸다. 더 많이 준비해도 수월하게 다 팔았던 덕에 그제야 돈이라는 것도 조금씩 모을 수 있었다. 이대로라면 사는 게 벌 받는 것 같지만은 않겠다고 할머니는 생각했다. 한편 집에 돌아오면 이모는 악착같이 공부를 했다. 계집애가 공부는 해서 무엇 할 거냐고, 쌓인 빨래부터 하라는 할머니의 타박에도 아랑곳하지 않고 꿋꿋하게.

그리고 이모는 집을 떠났다.

가출을 한 건 아니었다. 큰 도시에 있는 공장에 취직을 했던 것이다. 그곳은 묵을 곳도 주고, 월급도 많이 주는 곳이라고 했다. 이모는 그곳에서 돈을 벌어 대학에 가겠다고 다짐했다. 야근 수당이니 초과 근무 수당 같은 것은 가볍게 생략하는 곳이었다는 걸 이모는 할머니에게 말하지 않았다. 그저 매달 조금씩 돈을 보내왔을 뿐. 그 돈 덕분에 할머니는 더 이상 시장 바닥에 앉아 나물을 팔지 않아도 됐다. 상황이 달라지자 할머니도 생각을 고쳐먹게 되었다. 여자도 돈을 벌어야 하는 세상이라고 생각하게 되었다. 네 이모가 돈을 벌기 시작한 뒤로는 좀 살 만했거든. 그녀 결혼하면 옷이라도 해 입혀야겠다 싶어서 따로 모아둔 돈도 있었고. 그런데 그녀도 모질어서 나랑 네 엄마만 두고 이 나라를 떠나버렸지. 이모는 먼 나라로 떠난 뒤 소식이 끊겼다. 할머니는 그때 좀 미쳤던 것 같다고 말했다. 아무리 박복한 팔자라도 남편에, 자식을 둘이나 품에서 떠나보낸 삶이라는 것은 말에 다 담을 수 없는 깊은 그림자를 남기는 일일 터였다. 그렇게 허탈할 수가 없었다. 그래서 그랬지. 다 내 잘못이야.

할머니는 하나뿐인 자식마저 자신을 떠날까봐 전전긍긍했다. 여섯 시만 넘어도 엄마를 절대 집 밖으로 나가지 못하게 했다. 어딜 가든 엄마를 데리고 다녔다. 시장에도, 쌀가게에도, 밭에 갈 때도 꼭 엄마를 데리고 다녔다. 엄마의 품보다 친구들과의 놀이가 훨씬 좋아지는 나이가 될 때까지, 혼자 있고 싶어 하는 나이가 될 때까지 엄마는 할머니 손에 끌려다녀야 했다. 어느덧 할머니는 시장 한쪽에 칼국숫집을 차리게 되었고 더이상 매일의 끼니를 걱정하지 않게 되었지만 변함없이 지근거리에 막내딸을 두고 보호했다.

애만큼은 어디 안 보내야지 했다, 내가. 네 엄마는 남편 대신이고, 아들 대신이고, 친구 대신이었거든. 짜증을 내도 투정을 부려도 다 받아줄 수가 있었어. 나한테는 이 풍진 세상에 네 엄마밖에 없었다.

그래도 딸의 학교까지 따라갈 수는 없는 일이었다. 일거수일투족에 온 신경을 다 쏟는다 해도 빈 공간은 생기게 마련이었다. 엄마는 어느 날부터 외출을 하지 않더니 이내 학교에 가기를 거부하기 시작했다. 할머니는 속이 탔다. 무슨 일이냐, 어디 아프냐, 아무리 성화를 해도 입을 꾹 닫은 채 누워만 있던 딸이 고요한 밤 화장실에서 웩웩 토하는 소리를 들었을 때 할머니의 가슴이 철렁 내려앉았다.

그게 네 엄마 열여덟이나 됐을 땐가. 나도 아직까지 우리 서인이 아빠가 누군지 몰라. 끝까지 말을 안 해주더라. 독한 건 나를 닮은 건지. 겪을 일은 겪을 만큼 겪었다고 생각했는데 이런 일은 또 첨이라 아무 생각도 안 났다. 그래도 어쩌겠냐. 내 속으로 낳은 내 자식인데. 그 귀한 자식이 자식을 품었다는데 어떻게 하겠냐. 아직 어린 애가, 그 가여운 애가 애를 뺐다는데. 그래도 서인아. 지금 보면 네가 얼마나 귀하냐. 네가 우리를 살렸다. 네 엄마가 가끔 저러는 거는 사는 게 힘들어서 그런 거지, 너 때문이 아니다. 서인아, 엄마 너무 미워하지 마라.

할머니의 젖은 목소리, 나는 거기에 번번이 포기하는 마음이 된다. 엄마고 할머니고 신경 안 쓰고 내 삶을 살고 싶은 마음을, 엄마를 바꿔보려는 마음을, 다르게 살 수 있다고 희망하는 마음을 포기하게 된다. 특별할 것도 없는 사연을 늘어놓는 할머니와 그 사연 뒤에 숨어 자신의 유일한 피붙이들을 괴롭히는 엄마.

나는 생각했다. 엄마는 좋겠다, 할머니 같은 엄마가 있어서.

지
윤

이 많은 사람들은 대체 어디에서 와서 어디로 가는 중일까.

역은 목적지가 되지 못한다. 거만하게 느껴질 정도로 커다란 역의 입구를 보면서 그런 생각을 했다. 이곳을 끊임없이 들고 나는 사람들을 보니 낯설기만 했다. 나역시 곧 저들 중 하나가 될 거면서도 생경하기만 한 기분이었다. 요즘 나는 자주 내가 알던 것을 처음 본 것처럼 느꼈다. 그것들 앞에서 어떤 태도를 취해야 할지 도무지 알지 못했다. 초록불이 깜빡이는 횡단보도에 서둘러 뛰어드는 사람, 걷는 내내 휴대폰 화면에서 눈을 떼지 않는 사람, 커다란 은행나무 곁에 서서 두리번거리며 누군가를 찾는 사람, 계단을 두 개씩 밟고 오르는 사람, 제 몸만큼이나 커다란 짐 가방을 끄는 사람, 바위처럼 한 곳에 앉아 구걸하는 사람이 다 낯설었다.

커다란 역사 건물을 두고 사람들이 이상한 춤을 추는 것처럼 보였다. 저기 저 사람들의 발길을 죽 이어 그리면 활짝 핀 꽃 모양이 되려나. 아니, 볼품없이 뭉개진 꽃, 시들어버린 꽃 모양이 되겠지. 지독한 냄새를 풍기겠지. 그 역겨운 냄새가 내 몸 어딘가에서 나는 것 같았다. 갑자기 한기가 들어 챙겨온 카디건을 어깨에 둘렀다.

카운터에서 커피를 받아 자리에 앉고, 향긋한 커피 냄새를 맡자 조금 숨이 쉬어졌다. 점심 먹고 가라는 엄마의 말을 마다하고 조금 이르게 출발하길 잘했다고 커피를 한 모금 입에 물고 생각했다. 북적이는 창밖 풍경과 달리 카페는 한산했다. 이런 곳이 있다는 걸 보연이 알려주기 전엔 몰랐다. 어쩌면 내가 사람들에 부대끼지 않도록 세심하게 장소를 골라준 게 아닐까. 그런 생각에 마음이 슬그머니 풀어졌다. 카페에는 낮은 소리까지 명확하게 들리는 커다란 스피커에서 고요한 음악이 퍼지고 있었다. 이곳은 안전해. 마음을 좀 내려놓아도 좋아. 불필요한 동작이 전혀 없는 카페 주인은 손님들 쪽은 거의 쳐다보지 않았다. 덕분에 나는 오랜만에 느긋한 마음이 되어본다. 안전한 공간을 감각한다.

하지만 금세 신경이 팽팽해지고 말았다. 바깥에서 웬 중년의 남자가 괴팍한 목소리로 전화 통화를 하며 지나갔다. 야, 박 사장, 미치겠네, 왜 내 말을 안 들어? 에이 씨발. 사정을 알 수 없는 그 고함이 가차 없이 나를 공격하는 것 같았다. 나는 이유도 없이 주눅이 들었다.

"언니?"

어느새 보연이 마주 앉아 있었다. 이 애의 다정한 목소리를 듣자 눈물이 났다. 한참을, 생각보다 더 한참을 보연 앞에서 울기만 했다. 그러는 동안 보연은 아무 말도 하지 않고 자기 앞에 놓인 커피잔을 손끝으로 두드릴 뿐이었다. 내 등을 토닥이듯이, 차분하게, 가만가만, 커피잔을.

　보연을 만나러 오는 길에 다짐했다. 보연의 이야기를 들어야지. 먼저 내민 손을 꽉 맞잡아야지. 벌어진 상처를 내보이진 말아야지. 그러나 나는 보연을 보자마자 깨달았다. 안전한 곳에 기대고 싶었구나. 그러자고 보연을 붙잡았구나. 보연은 이 부탁에 응했던 거구나.

　그래서 쏟아지는 말을 막지 않았다. 그 일이 있은 후 처음으로 누군가에게 고백했다. 전혀 몰랐어, 아무런 생각이, 화를 냈지, 다들 나만, 아예 소멸하고 싶다는 생각을, 저 사람도 봤겠지, 되돌릴 수 없는 거잖아……. 앞뒤 안 맞고 여기저기 구멍 난 말을 보연은 가만히 들어주었다. 했던 말을 하고 또 해도 보연은 처음처럼 귀를 기울였다. 그러면서 다 젖어버린 카페 냅킨 대신 보송하게 잘 마른 자신의 손수건을 건넸다. 그것이 다시 죄 젖어버릴 때까지 안전한 시간이 계속 이어졌다.

　"고마워, 언니. 힘든 얘기를 나한테 해줘서. 나를 믿어줘서."

　그렇게 말하는 보연의 투명한 눈을 바라보았다. 이것

이야말로 진짜 우정의 마음이라고, 믿게 되었다.

———————

반년 전 이른 봄, 신입생 환영회의 소란한 술자리가
늦도록 이어졌다. 어딘지 위생적이지 않아 보이는 실내
에는 원형의 깡통 테이블이 빼곡하게 자리하고 있었다.
이동하려면 의자에 앉아 있는 사람들을 툭툭 치고 지나
가야 하는 곳이었다. 그곳을 우리 과 사람들이 가득 채
웠다. 돌아서면 잊어버릴 게 뻔한 자기소개들을 한 뒤
뭔가에 쫓기기라도 하듯 각자의 술잔에 술이 채워졌고
술 남기는 사람은 두 잔이다, 외치는 한 선배의 말에 모
두 눈을 질끈 감고 독한 술을 목구멍으로 넘겼다. 놀랍
도록 술을 잘 먹는 사람도, 나처럼 얼굴이 새빨개진 사
람도, 끊임없이 자기 얘기만 하는 사람도, 구석에 앉아
제 손만 만지작거리는 사람도 제각각으로 앉아 있었지
만 하나같이 자리를 떠날 생각은 안 하거나 못 한 채 시
끄러운 술집에 머물렀다. 왁자한 웃음소리, 고함 소리,

그릇을 긁는 숟가락 소리, 술잔 부딪치는 소리에 이어 스테인리스 물컵이 바닥에 떨어져 근처 사람들이 으악, 소리를 지르는 데까지 이르자 혼자 바쁘게 일하던 아르바이트생이 숨길 기색도 없이 한숨을 쉬며 표 나게 짜증을 부렸다.

대학가의 술집이 으레 그런 것인지 이곳이 유독 그런지 알 수 없지만 술집은 시끄러운 데다 환기도 되지 않았다. 답답해졌고, 바람이나 쐬자 싶어 의자에서 일어나는데 왼편에 앉아 있던 한 남자 선배가 손목을 확 채며 나를 주저앉혔다. 가긴 어딜 가, 잔 들어라. 금방 화장실에 다녀오겠다고 사정해도 막무가내였다. 마시라고. 지독한 술 냄새를 풍기며 몸을 바싹 기대오는 그를 피하려다 의자가 기우뚱하는 순간 동기 여자애가 내 팔짱을 끼고는 큰 소리로 저희 화장실 좀 다녀오겠습니다, 하며 나를 자리에서 빼냈다.

"너 이름이 뭐랬지? 난 이예은. 저 선배 피해. 여자 선배들도 다 싫어하는 미친 새끼야. 술 취하면 완전 쓰레기래."

예은은 조그만 체구인데 생각보다 더 굵은 목소리를 내는 사람이었다. 싸우기 좋은 목소리다, 무심코 그런 생각을 했다. 나는 내 이름을 말하며 잘 부탁한다고 말했고, 예은은 크게 웃으면서 뭘 잘 부탁한다는 거야, 너도 진짜 골 때린다, 했다. 나 재수했거든. 이런 자리 처음 아닌데, 다 똑같아. 술 먹이는 새끼들 피해서 대충 얼굴 비추다 내빼는 게 상책이지 뭐. 특히 너 같은 애들이 위험한 거야. 딱 봐도 먹이는 대로 받아먹을 상이잖아. 절대 그러지 마. 앞으로는 내 옆에 있어.

남녀공용인 화장실에 들어가 거울에 비친 내 얼굴을 보았다. 빨갛다 못해 파란 얼굴의 내가 낯설었다. 술을 이렇게 많이 먹어본 것은 태어나 처음이었다. 자꾸 구역질이 나서 급하게 찬물로 얼굴을 적셨다. 덜거덕거리며 돌아가는 잔뜩 때가 낀 환풍기 소리가 귀에 윙윙 울렸고, 화장실에 얕게 고인 지린내에 또 구역질이 났다. 나는 토하고 싶은 것을 간신히 참고, 여러 번 물로 입가심을 한 뒤 화장실 문을 열고 나갔다. 밖에서 나를 기다리던 예은이 담배를 피우고 있었다. 한 대 줘? 나는 고개를 젓고 예은 곁에 섰다.

"너무 힘들다. 집에 가고 싶어."

"……잠깐 있어."

내 말을 듣자마자 예은은 담배를 끄고 술집으로 들어가더니 내 가방을 들고 나왔다. 말도 없이 이래도 돼? 자꾸 혀가 꼬여 '말로 업시 이래로 대?'로 들리는 내 말에 예은은 그럼 수업 시간에 화장실 간다고 손 드는 고등학생처럼 허락받아야 하는 거야? 하면서 걱정 말라고 했다. 내가 사는 집이 술집에서 멀지 않은 학교 근처 원룸이라는 얘기를 듣고는 데려다줄게, 하면서 예은이 내 팔뚝을 붙잡았다. 예은의 부축을 받으며 걷는 밤길은 시원했다. 고마워, 너무 고마워, 속으로만 생각한 줄 알았는데 중얼중얼 입 밖에 그 말을 냈던지 완전 꼴았네, 얘. 됐고, 집에 들어가서 톡이나 해. 잘 자고, 내일 봐,라고 예은은 말했다.

그날 예은은 나처럼 취한 여자 동기들을 몇이나 챙겨서 집으로 보냈다고 했다. 나중에 알게 된 것은 예은이 술집에 있던 그 누구보다 술이 세다는 것이었고, 신입

이 빠져가지고 도망을 갔다고 시비를 거는 선배들, 주로
는 복학한 남자 선배들에게 가긴 누가 가요, 저 여기 있
는데요? 하면서 그들에게 술을 먹여 골로 보내버렸다는
것이었다. 우리 사이에서 예은이 빅마마가 된 것은 그런
연유였다.

동기들은 자연스럽게 예은을 중심으로 모였다. 여자
동기들뿐 아니라 남자 동기들까지 툭하면 군대 얘기나
늘어놓는 복학생 선배를 피해 예은 쪽으로 넘어왔다. 과
방은 냄새나, 선배들도 완전 귀찮지 않냐, 예은은 그렇
게 말하며 학교 옆 오래된 카페를 아지트 삼았다. 카페
사장이 이십 년 전에 우리 과를 졸업한 선배라는 걸 알
아낸 것도 예은이었다. 공강 시간에, 술을 먹기는 조금
이른 저녁 시간에, 동기들은 언제나 아지트로 갔고 예은
은 늘 정해진 자리에 앉아 있었다.

이렇게 잘 맞는 애들이 동기라니 진짜 운 좋은 것 같
아. 같은 과 동기들은 자주 자부심을 담아서 그렇게 말
했다. 그걸 증명이라도 하는 듯이 툭하면 엠티를 기획했
고, 시험이 끝나면 어김없이 모여 단골 술집인 아지트

옆 골목에 있는 간판 없는 파전집에서 만났다. 학점 잘 주는 교수님, 스펙에 도움이 되는 학교 프로그램 같은 것을 예은은 귀신같이 파악하고 있었고, 우리는 잘 놀고 공부도 잘하는 우리를 자화자찬하며 대학 생활을 해나 갔다.

그들 사이에서, 나도 가끔은 즐거웠다.

하지만 이들이 운운하는 영원한 우정 같은 건 믿지 않 았다. 나는 그런 것을 감당할 자신이 없었다. 저들이 내 게 바라는 것이 무엇인지 생각하느라 진 빼는 짓을 더는 하고 싶지 않았다. 원하는 것을 해주고자 안달하는 사람 은 엄마 하나로 충분했다.

"지윤, 오늘 강의 끝나고 한잔 어때? 애들 많이 올 거야."

"오늘은 안 돼. 할머니가 부모님 집에 온다고 해서 가 야 해. 다음에 꼭 갈게."

있지도 않은 할머니와 잡히지도 않은 약속들을 핑계 삼아 번번이 거리를 두고 혼자를 택했다. 기대를 안 하 면 실망도 안 할 테니까. 나는 너희에게 해줄 게 없어.

그냥 저리 가. 날 내버려 둬.

　우정이라는 단어는 신뢰할 수 없는 것. 나는 차라리
외로움을 선택하는 게 편했다.

서
인

엄마는 집에 경찰이 찾아온 그날 이후로 눈에 띄게 조용해졌다. 세탁기에서 빨래를 꺼내다가도, 마트에서 사 온 것들을 정리하다가도 불현듯 짜증이 올라오는 듯했지만 그것을 분출하지는 않았다. 저렇게 참을 수 있는 사람이었어? 울긋불긋, 울퉁불퉁, 다종다양한 색깔과 모양으로 변신을 거듭하는 구름을 보자면 곧 터진다, 싶은 순간이 닥쳐왔음에도 엄마는 무언가를 꿀꺽 삼키는 것처럼 감정을 소화했다. 저러다 체하겠다 싶을 정도로 인상적인 인내였다.

나 역시 무언가를 참았다. 신고를 누가 했는지 알아내고 싶은 마음을 억누르고 억눌렀다. 그러면서도 그날 이후 아파트 엘리베이터에서 만나는 사람들의 구름을 면밀히 관찰했다. 일상을 살아가는 사람들의 구름이란 어딘지 비슷해서 쉽게 단정 짓기가 어려웠다. 저마다 감당하고 있는 스트레스와 삶의 불안함이 자리한 구름들. 때로는 평안함에 안기고 때로는 더 나쁜 마음으로 번지는 그 모양새가 놀랍도록 비슷했다.

그러다 어젯밤, 옆집에 사는 부부를 마주치고 알아차리고 말았다. 할머니보다는 어리고 엄마보다는 나이가 많아 보이는 중년 부부를 만났을 때, 그냥 알게 되었다. 저 사람이구나. 남자 쪽은 아니었다. 그는 좀처럼 세상에 관심이 없는 분위기였다. 구름의 움직임도 거의 없었다. 그 구름은 차라리 어깨에 얹힌 바위 같아 보였다. 여자 쪽은 달랐다. 나와 눈인사를 한 순간에 그 사람의 구름이 파도치는 것을 보았다. 잔잔한 물 위로 커다란 돌덩이가 던져졌을 때 이는 물보라처럼 갑작스러운 것이어서 나는 이 사람이 나를 안다는 것, 내가 사는 집의 사정을 안다는 것, 그러니까 이 사람에게 내 삶의 속살을 들켰다는 것을 확인하게 됐다.

그걸 알게 되자 이유 모를 분노가 몸에 번졌다. 당장 그 사람을 내 쪽으로 돌려세워 묻고 싶었다. 아줌마, 왜 나를 보고 마음이 흔들려요? 왜 불안해요? 우리 집에서 나는 시끄러운 소리를 들었어요? 그 소리를 그렇게 오랫동안 참고 참았어요? 왜 하필 이제 신고를 했어요? 왜 이제야 나를 걱정했어요? 걱정 같은 건 하지 않았던 거예요? 그냥 소란한 게 싫어서 신고한 거죠? 내가 지나치게 빤히 쳐다보았던지 옆집 아줌마는 눈을 돌리며 낮게 헛기침을 했고, 그 순간 구름은 조금 더 크게 파도쳤다.

저 사람. 신고를 한 사람. 몇 년째 옆집에 살고 있는 사람. 나는 지금까지도 이토록 화가 나는 이유를 생각했다. 거듭 생각하다 이 감정은 화가 아니라 학교 가는 길에 사실은 팬티만 입고 있었다는 것을 알아챈 어느 밤의 꿈처럼 급작스러운 부끄러움이라는 것을 깨달았다. 나는 당장 그 자리에서 사라지고 싶어졌다. 저 사람은 보통 낯으로 인사를 나누면서도 우리 집에서 벌어지는 추한 일들을 알고 있었다. 아무리 내가 공손히 인사를 건네도, 웃으면서 돌아서도 나를 연민하겠지. 불쌍해하고 있겠지. 저 눈빛은 다 뭔가. 얘야, 위급할 때는 언제든 우리 집으로 오렴. (이사 갈 일은 없니? 시끄러워 죽겠다.) 너희 엄마는 나쁜 사람이야. (우리랑 엮일 생각일랑 결단코 하지 말기를.) 네가 원하면 너를 도와줄게. (신고까지 했으면 할 만큼 했지.)

끔찍했다.

이 수치심도, 수치심의 원인인 엄마도, 엄마보다 저 사람들이 더 싫어지는 내 못난 마음까지도.

———

바인이 갑작스러운 동반 가출 선언을 한 지 이틀이 지났다. 그동안 우리는 그 어느 때보다 서로를 의식하면서도 끊겨버린 대화를 잇지는 않았다. 변함없이 같은 시간에 함께 학교에 가기 위해 버스 정류장에서 만

났고, 버스를 탔고, 나란히 앉아 창밖을 보았고, 학교로 걸어갔고, 교실에 앞서거니 뒤서거니 들어갔지만 말은 하지 않았다. 점심을 같이 먹을 때도 그랬다. 한마디 말 없이 음식을 입으로 넣기만 하는 일은 창문 하나 없는 방에서 숨을 쉬는 것처럼 답답했지만 바인과 나는 계속 그렇게 했다. 바인의 구름은 얼음처럼 차가웠고, 나는 고집스럽게 입을 다물고 있었다.

"오늘 오후에 조퇴하자. 학교에 있고 싶지 않아."

점심을 먹다 말고 젓가락을 내려놓으며 바인이 말했다.

바인의 목소리를 듣자 내가 이 순간을 얼마나 기다렸는지 깨달았다. 나는 곧장 그러자, 답했다. 그래놓고 이번에도 바인이 먼저 손을 내밀게 했다는 생각이 들어 미안해졌다. 그러나저러나 바인의 구름은 이미 부드러운 카펫처럼 펼쳐져 있었다. 네 구름에는 온기가 있어, 내가 했던 말을 바인은 기억하고 있을까. 내가 지금 그 온기를 느끼고 있어. 바인과 눈이 마주쳤을 때 바인은 내 속에 제멋대로 돌아다니는 말들을 다 듣고 있는 것처럼 작게 미소 지었다.

우리는 가끔 그렇게 했다. 바인과 나는 1학년에 이어 2학년이 되어서도 같은 반이 되었는데 지금의 담임은 드물게 조퇴증을 잘 내주는 편이었다. 담임이 도통 반 아이들에게 관심이 없기 때문이었을 것이다. 담임은 담임 수당이 따지고 보면 하루에 몇천 원밖에 안 된다는 말을 우리에게 심심치 않게 내뱉었고, 하고 싶어서 하게 된 담임이 아니라는 말 역시 지겹도록 했다.

"야, 너희가 알아서 해라. 담임 할 일이 얼마나 많은 줄 아냐. 너희 인생은 너희가 책임지는 거야, 내가 아니라."

덕분에 우리 반은 아무 제약 없는 생활을 했다. 담임은 애써 숨어서 떠드는 애들을 향해서 꿩은 머리만 숨기면 자기가 안 보이는 줄 안다, 꼭 꿩 같은 놈들이다, 하면서 악하게 비웃었다. 꿩 같다는 말이 욕이 될 수 있다니, 꿩이 얼마나 아름다운데? 나는 그런 생각을 하며 담임을 마음 깊이, 그러나 드러내지 않은 채 미워했다. 어쨌든 담임이 곧 학교를 관둔다는 소문이 떠돌 정도였으니 우리 반은 전교에서도 포기해버린 반으로 유명했다. 수업 시간에 절반은 엎드려 자고, 나머지는 떠들고, 소수의 아이만 마치 과외 받듯 수업을 듣는 수준이어도 학교와 담임은 아무 조치도 하지 않았다. 나로 말하자면 가끔은 과외 받듯 수업을 들었고, 때로는 떠들고, 바인이 원할 때는 교실 밖으로 나갔다.

학교를 벗어나자 공기마저 다르게 느껴졌다. 가을답게 하늘이 높고 맑았다. 바람에 떨어지는 낙엽의 움직임이 자유로웠다. 길 건너 마트 앞에 늘어선 색색의 과일들은 우리만의 갑작스러운 소풍을 축하하는 듯했다. 평일 낮 풍경이 이렇게 사랑스러웠나. 나는 상기된 목소리로 바인에게 물었다. 어디 가고 싶어? 뭐 할까, 우리? 하지만 바인은 대답이 없었다. 평소의 바인이라면 사진 찍으러 가자느니 타로 보러 가자느니 원하는 걸 분명하게 말했을 것이었다.

아까는 그렇게 웃어주더니. 그동안 말 안 한 건 내가 잘못했어. 그렇지만 내 생각은 안 변해. 네가 나 때문에 그렇게 큰 결정을 내리지 않았으면 좋겠어. 진심으로 네가 엄마와 충분히 시간을 보냈으면 좋겠어. 나는 애써 어른스러운 척 주절주절 말을 늘어놓았다. 차마 바인의 얼굴을 볼 자신이 없어 땅바닥을 내려다보면서 조심스럽게. 그러나 바인은 여전히 말이 없고, 심지어 내 곁에 서지도 않고 뒤에서 걸어오고 있었다. 나는 왈칵 화가 났다.

"이렇게까지 하는데 계속 화만 낼 거야? 이럴 거면 왜 나오자고 했어?"

목소리가 너무 컸나, 뒤를 돌아보니 바인은 뭔가에 놀란 듯 입을 헤 벌리고 있었다.

"저기, 너희 엄마 아니야?"

왕복 사 차선 도로 건너였어도 나는 한눈에 엄마를 알아볼 수 있었다. 실용적으로 묶은 머리, 경량 패딩 조끼, 짙은 남색 크록스는 흔한 것이었지만 염색할 때가 지난 얼룩진 머리, 오래 입어 숨이 다 죽어버린 패딩 조끼, 하얀색 데이지 지비츠가 꽂혀 있는 크록스는 확실히 엄마의 것이었다.

엄마는 월요일부터 토요일까지, 오전 아홉 시부터

저녁 일곱 시까지 집 근처 순댓국집에서 홀서빙 일을 했다. 뜨거운 뚝배기, 국에서 끼치는 김, 대낮에도 어김없는 술손님은 물론이고 '셀프'라고 크게 써 붙여놓아도 "이모!"를 외치며 깍두기나 양파, 청양고추 따위를 요구하는 사람들과 예측할 수 없게 들어오는 포장 주문 같은 것들은 하루도 빠지지 않고 엄마를 괴롭혔다. 일을 시작하고 한동안 이런 얘기들로 늦은 밤까지 신세를 한탄하던 엄마는 이제 순대 한 팩을 포장해 와 퇴근 후 소주 한 병과 함께 먹는 것으로 신세를 위로했다. 제발 술 좀 줄여라, 같은 할머니의 말에는 아랑곳하지 않았다. 그래서일까. 나는 엄마의 평일 오후 두 시가 대개는 비슷한 형태로 흘러간다고 믿었다. 엄마가 들려준 이야기들이 지루하게 반복되는 시간일 거라고 여겼다. 엄마가 나의 평일 오후 두 시를 짐작하듯이 말이다.

아무래도 이상한 일이었다. 엄마가 일하는 가게는 여기서 적어도 십 분은 걸어가야 하는 거리에 있었다. 급하게 나온 건지 순댓국집 앞치마를 그대로 두른 엄마는 그림에서 현실로 툭 튀어나온 것처럼 도드라져 보였다. 그리고 나는 엄마를 마주 보고 선 덩치 큰 남자를 보았다.

나는 급하게 길을 건넜다. 엄마는 뒤쪽에서 걸어오는 나를 눈치채지 못했고, 나는 숨길 생각도 하지 않은 채 거의 뛰듯이 두 사람을 향해 걸어갔다. 엄마에게 다가갈수록 엄마를 내려다보고 있는 남자의 거뭇한 수염, 짧게 깎은 머리, 두꺼운 목과 어깨가 예사롭지 않게 느껴졌기 때문이다. 그들에게 가까워질수록 나는 그 사람이 엄마를 향해 짙게 드리운 구름을 점점 더 선명하게 볼 수 있었다.

날카로운 톱니처럼 솟아난 상어의 이빨, 저보다 작은 먹잇감의 몸에 박아 넣은 이빨 주변으로 배어나오는 붉은 피, 벌겋게 벌어진 몸, 주위로 몰려드는 까마귀 떼, 까마귀의 길고 단단한 검은 부리, 보이는 모든 것을 반사해버리는 까마귀의 검디검은 눈동자, 그 주변에 이는 모래바람. 나는 그 남자의 구름을 보면서 이 모든 것을 순식간에 떠올렸다. 검붉은 핏빛 구름이 남자의 어깨께에서 쏟아져나오고 있었다. 나는 그것이 당장 엄마를 삼키기라도 할 것 같은 공포를 느꼈다. 엄마가 구름 속으로 사라져버리기라도 할 것 같아서, 그런 엄마를 끌어낼 밧줄은 오직 나뿐인 것 같아서 발걸음을 더욱 빨리했다.

"에이, 쌍. 이 새끼들 뭐야? 뭘 봐?"

남자는 성난 목소리로 엄마 곁에 우뚝 선 우리를 향해 소리 질렀다. 그제야 나를 발견한 엄마는 깜짝 놀라는 동시에 안도한 것도, 짜증 나는 것도 같은 복잡한 표정을 지어 보였다. 엄마는 남자를 거칠게 뒤로 밀치고 돌아서 우리를 향해 섰다. 그 모습이 작은 맹수 같아서 아주 조금 안심이 됐다.

"학교에 있어야 할 애들이 이 시간에 여기서 뭐 하는 거야?"

우리를 본 엄마의 구름이 천천히 회오리를 시작했다. 나는 엄마가 더 흥분하기 전에 재빠르게 물었다.

"저 아저씨 누구야?"

"이 계집애가 말 돌리는 것 봐. 왜 학교에 있을 시간에 여기 이러고 있냐고?"

엄마와 내가 다투듯 대화하는 모습을 보자 그제야 알겠다는 듯 남자는 표정을 느끼하게 바꾸었다.

"네가 서인이구나."

내 이름을 알아? 남자의 입에서 내 이름이 나오자 머리가 울렸다. 나는 남자를 똑바로 쳐다보며 따져 물었다.

"아저씨 누구예요? 왜 엄마한테 화를 내요? 길 한복판에서 부끄럽지도 않아요?"

남자의 구름은 여전히 이상하게 이글거렸고, 그는 자기보다 키가 머리 하나만큼 작은 나를 노려보다가 고개를 돌려 침을 퉤 뱉었다. 심장 뛰는 소리가 두 귀에서 들릴 정도로 무서웠지만 나는 남자의 눈을 피하지 않았다. 그때 바인이 휴대폰으로 동영상을 찍기 시작했다. 남자는 거칠게 한숨을 쉬며 당장 꺼라, 했지만 바인은 우리한테 손끝 하나라도 댔다간 바로 신고할 거예요,라고 맞받아치며 물러서지 않았다.

"그만해, 다들! 오빠도 그만 가. 나는 할 말 없다고 분명히 말했어. 다시 이 동네 나타나면 진짜 신고할 거야."

신고,라는 단어를 입 밖에 낼 때 엄마의 구름이 이상한 춤을 췄다. 남자의 구름이 미세하게 작아졌다. 마침 우리가 선 마트 앞에 짐을 가득 실은 화물차가 정차했고, 마트 사장이 매장에서 나와 우리를 향해 좀 비켜달라고 했다. 어수선해진 틈을 타 바인은 내 귀에 대고 나 먼저 갈게, 내일 봐, 하고 떠났다.

"가자, 엄마."

나는 엄마의 손목을 붙들고 집이 있는 방향으로 걷기 시작했다. 마트로 물건을 옮기는 택배 기사를 지나고, 작게 욕설을 내뱉으며 머리를 긁적이는 남자도 지나쳐 꼿꼿하게 걸었다. 엄마는 남자를 쳐다보지도 않고 나를 따라왔다. 그 순간 우리는 한편이었다. 엄마는 내게 이런 성질머리로 어떻게 세상 살려는지, 아휴, 하며 탄식했지만 입으로 하는 말일 뿐이라는 걸 알 수 있었다. 그렇게 말하는 엄마의 구름이 드물게 연약해 보여서 나는 집에 도착할 때까지 아무 말도 하지 않고 엄마가 투덜거리는 소리를 들어주었다.

지
윤

커다란 나무 그림자들이 땅에 그림을 그리고 있었다.
작은 새들의 시간. 오후가 서서히 저녁이 되는 시간. 지
금 나는 하루 중 가장 좋아하는 시간에 있다. 이 순간 내
작은 방에 웅크려 보연의 말을 곱씹어본다.

"언니 잘못이 아니야. 언니 혼자 괴로워하지 않아도
돼."

카페에서 보연은 놀랍도록 침착하게 말했다.

정말로 듣고 싶었던 말이었다. 하지만 믿을 수 없는
말이고, 그래도 기대고 싶은 말이었다. 그 말을 보연이

해주었다. 그 일 이후 처음 듣는 위안의 말이었다.

"언니 혼자 많이 무서웠지. 말해줘서 정말 고마워. 언니 혼자가 아니라는 걸 기억해. 같이 방법을 찾을 수 있을 거야."

간절히 기대고 싶은 말이지만 불가능한 말이라는 것도 알았다. 나는 아무 대답 없이 고개를 저었다. 그런 말 하지 마. 지금도 계속 퍼지고 있는 거 너도 알잖아. 너는 내가 아니라 그렇게 말할 수 있는 거야. 그런 생각을 하다 잠시 보연이 나 같은 일을 겪었다면 어땠을까 상상했다. 상상만으로도 끔찍했다. 나는 결코 보연이 내가 되길 바라지 않는다. 이 고통이 나에게서 끝나기를 바란다. 그 누구도 이 고통을 겪지 않기를 바란다. 그러므로 보연은 내가 될 수 없었다. 우리 사이에 놓인 깊은 골짜기를 보았다. 나는 그 골짜기 아래로 뛰어내리고 싶었다.

내달리는 생각을 붙잡아주는 건 다시 보연이었다.

"퍼지는 건 어쩔 수 없을지 몰라. 그래도 언니가 빠져나올 길은 있다고 믿어. 거기에 머물러 있으면 안 돼. 언니, 뭘 원해? 내가 할 수 있는 데까지 도울게. 언니랑 같이 있을게."

이 아이의 단단함은 어디서 나오는 걸까. 어쩌면 보연은 나와 같은 일을 겪었대도 저 얼굴일 수 있을 것 같았다. 그게 어떻게 가능하지? 너는 어째서?

보연은 친구에게 장난감을 빼앗겨도 울지 않는 아이였다. 금방 다른 놀이를 찾아내 친구들을 불러 모으는 아이가 보연이었다. 장난감을 빼앗은 아이가 무안해질 정도로 곧장 신나게 놀 수 있어 늘 친구가 많았다. 내 손에 쥔 장난감을 뺏길까봐 전전긍긍했던 나와는 너무나 달랐고 보연과 내가 같이 있을 때면 이모와 엄마는 언니와 동생이 바뀌었다고 말하곤 했다. 엄마는 보연처럼 밝지 못한 나를 아쉬워했고, 이모는 그런 엄마에게 지윤이처럼 착한 애가 어디 있느냐고 내 편을 들었다.

언니 같은 보연은 그렇게 환했다. 보연의 아빠가 돌아가셨을 때를 빼면.

이모부는 웃음소리가 아주 큰 사람이었다. 하하하! 웃으면 주변 공기가 바뀔 정도로 멋진 에너지를 가진 사람이었다. 이모부는 손재주가 좋아서 전등이나 수전을 교체하는 것은 기본이었고, 조립 가구를 남의 손에 맡긴다는 것을 상상도 못 하는 사람이었다. 보연의 책상도 이모부가 직접 만든 것이었다. 보연이 학교에 들어갈 나이가 되자 이모부는 보연이 평생 쓸 수 있는 책상을 만들겠다던 자신의 오랜 다짐을 지키기로 했다. 같은 성향의 사람들은 어쩔 수 없이 모이는 법인지, 이모부의 친한 친구가 꽤나 규모 있는 목공소를 운영하고 있었다. 이모부는 그 친구의 도움을 받아 몇 달에 걸쳐 단단하고 아름다운 책상을 만들었다. 그 책상이 보연의 방에 들어오던 날, 이모부는 크게 웃으면서 살짝 울었다. 보연은 거기서 덧셈과 뺄셈을 공부하고, 영어 알파벳을 공부하고, 그림을 그렸다. 시험을 망쳤다고 엎드려 운 곳도, 일기를 쓰고, 좋아하는 친구에게 편지를 쓴 곳도 그 책상이었다. 이모부는 책상에 앉아 있는 보연을 볼 때면 어김없이 저 책상을 만들 때 말이야, 하면서 자신의 고군분투 책상 제작기를 늘어놓았다. 하하하! 웃으면서.

웃음 많고 다정했던 이모부는 건설현장 노동자였다.

건설현장에서도 손기술이 좋은 이모부는 일당백을 했을 것이다. 동료들이 꺼리는 일을 도맡아 했을 것이다. 처음 일을 시작한 사람이 있으면 꼼꼼하게 일이 진행되는 방식을 알려주었을 것이다. 고된 노동 중에도 힘차게 웃으며 현장 분위기를 부드럽게 했을 것이다. 모두가 앞다투어 찾는 노동자였을 것이다.

노련한 일꾼이던 이모부의 머리 위로 엄청난 무게의 H빔이 쓰러졌을 때, 사람들은 아까운 사람이 죽었다고 말했다. 아까운 사람. 좋아하는 것들을 잘 좋아할 줄 알았던 사람. 멋진 물건을 직접 손으로 만들어내던 사람. 제 주변의 사람들을 웃게 할 줄 알았던 사람. 그런 이가 아깝게도 너무 일찍 죽었다고 사람들은 안타까워했다.

보연이 중학교 1학년이 되던 해였다. 보연의 아빠는 자신이 그토록 사랑한 딸이 중학생이 되는 것을 보지 못했다. 날벼락 같은 소식을 듣고 장례식장에 갔던 날이 생각난다. 하얗게 입김이 나오는 추운 날에, 난방이 무색하게 얼어붙은 장례식장에 들어서자 하염없이 우는 이모가 가장 먼저 보였다. 그리고 곁에 멍하게 앉은 보연이 있었다. 울지도 못하는 보연에게 다가갔을 때 언니, 하며 보연이 와락 안겨왔다. 보연은 한참 동안 나를 놔주지 않았다. 보연아, 괜찮아? 마주 안은 보연의 등을 쓸어내리다 조심스럽게 물었다. 그러자 보연이 흐느끼기 시작했다.

"아빠가 입학하기 전에 놀러 가자고 했었어, 나는 아빠가 그러는 게 솔직히 귀찮았어. 그래서 날짜를 계속 미뤘어. 미안해, 너무 미안해."

보연의 울음소리는 점점 커졌다. 보연의 우는 몸을 붙잡고 나도 함께 울었다. 보연의 몸이 너무 작아서, 그 작은 몸이 너무 뜨거워서, 보연이 이모부처럼 사라져버릴까봐 무서워서, 그런 마음이 미안해서 보연을 끌어안고 끝없이 울었다. 할 수 있는 것이 그것뿐이었다.

보연은 한참 앓았다. 먹은 것을 모조리 게워냈다. 보연은 결국 중학교 입학식에도 참석하지 못했다. 이모는 자신의 비극을 감내하는 와중에 하나뿐인 딸을 돌보느라 거칠해졌다. 나는 그런 두 사람을 매일 만나러 갔다. 그러고 싶었다. 그래야 할 것 같았다.

보연은 어느 날은 한마디도 하지 않았고, 어느 날은 했던 얘기를 하고 또 했다. 대개는 이모부에 관한 이야기였다. 그럴 때는 나도 내 기억에 있는 이모부 이야기를 했다.

술 좋아하는 아빠와 이모부는 온갖 핑계를 만들어서 자주 술자리를 가졌다. 거의 주말마다 만난 적도 있었다. 그리고 술만 마시면 이모부는 끝도 없이 노래를 불렀다. 잘하는 노래도 아니었는데. 그래도 노래 부르는 이모부가 엄청나게 행복해 보여서 누구도 그러는 걸 말리지 않았다. 꿈이 많았지, 사랑한다고 했었네, 이모부가 부르는 노래 가사는 죄다 지나간 순간을 그리워하는 말들이었다. 그걸 행복하게 부르는 이모부가 신기해서 나는 늘 이모부의 관객을 자처했다. 노래가 끝나고 내가 와아, 하면서 힘차게 박수를 치면 이모부는 꼭 천 원을 건넸다. 오천 원도 아니고 천 원이 뭐냐, 쪼잔하게. 여기까지 말하면 보연은 피식 웃으며 자기 이야기를 들려주었다.

"아빠 흰 머리 하나 뽑아주는 데 십 원이었는데, 뭘.

천 원이면 아주 후했네. 난 그것도 모르고 맨날 아빠 노래하는 중간에 내 방으로 들어갔던 거였네. 나한테도 얘기 좀 해주지. 용돈 아주 두둑하게 받았을 텐데.”

우리는 그런 얘기를 하다 웃기도 했다. 또 울기도 했다. 우리는 이모부 노래가 듣고 싶어져서, 함께 웃고 싶어져서, 약속했던 여행을 가고 싶어져서 웃고 울었다.

보연에게 말했다.

“이모부 얘기 하고 싶으면 언제든지 해. 나는 다 궁금하니까. 하나도 안 지겨우니까.”

그러자 보연이 말했다.

“아빠 얘기를 하고 있으면 아빠도 여기에 있는 것 같아. 그러면 안 외로워져. 나 이제 그만 울래. 아빠가 싫어할 것 같아.”

그 순간 나는 보연의 상처가 보연을 더욱 보연답게 만들 것이라는 사실을 알 수 있었다.

서인

고등학교의 어설픈 축제도 끝나고, 시험이니 과제니 지루한 일만 남은 11월의 하굣길에서 바인이 뭔가를 망설이다가 말했다.

"나 고민 상담 좀 해줘."

고민 상담이라니. 내가 아는 바인의 입에서 나올 수 있는 가장 낯선 단어가 있다면 바로 고민, 그리고 상담일 것이다. 좀처럼 흔들리는 일 없이, 선명하고 따뜻한 말로 주변을 응원하는 사람이 바인 아닌가. 그 부드럽고도 견고한 바인의 빛은 자주 나에게 드리운 그늘을 휘휘 몰아내곤 했다. 바인은 이어 말했다. 내 얘기가 아니라서. 참을성 있게 다음 이야기를 기다렸지만 바인은 더 말이 없었다. 그러는 동안 바인의 어깨에는 달도 없는 깊은 밤 숲속에서 볼 법한 짙은 감색의 구름이 감돌았다. 나는 바인의 얼음장 같은 손을 꼭 잡고 말했다.

"내가 할 수 있는 건 다 할게."

거의 처음으로 우리의 위치가 바뀌어 있었다. 늘 이야기를 듣곤 하던 바인과 주로 이야기를 하던 내가 서로를 마주 보았다. 촉촉하게 물기 오른 크고 검은 바인의 눈에 다짐을 한 사람의 비장한 얼굴이 비쳐 보였다.

나는 바인과 손을 꼭 잡고 공원으로 천천히 걸어갔다. 가을 오후의 공원은 기쁨과 슬픔이 묘하게 공존하는 곳이다. 바인과 나는 햇빛으로 따뜻해진, 우리가 좋아하는 벤치에 나란히 앉았다. 며칠 전에 비해 한결 서늘해진 바람이 어서 다음 계절로 가자고 말하는 듯했다. 어떤 나무는 다가올 계절을 준비하느라 벌써 앙상한 채로 서 있었다. 커다란 참나무 사이로 쌀쌀한 바람이 왔다 가기를 반복하는 동안 나는 산책하는 사람들을 가만 바라보았다. 사람들은 비슷한 표정으로 오고 갔지만 저마다 힘겨운 삶의 무게를 감당하고 있다는 것을 알 수 있었다. 나는 급속도로 마음이 지쳐버리는 것을 느꼈다. 한순간만이라도 구름 같은 것은 안 볼 수 있으면 좋겠다. 보이는 것에 마음을 쓰지 않을 수 있으면 좋겠다. 저런 복잡한 색깔의 구름들을, 저런 생생한 감정들을 몰랐다면 좋았겠다.

그런 생각에 나도 모르게 한숨을 쉬는데 바인이 말을 시작했다. 너한테는 비밀을 숨길 수 없을 테니까,라면서 전하는 이야기들. 그런 이야기를 들은 적이 있다. 일어나서는 안 될 일에 관한 이야기들을. 상상조차 하기 싫은 끔찍한 폭력의 이야기들을. 실은 자주 들려오는 이야기이기도 했다. 다만 이렇게나 가까이에 그런 이야기가 있으리라고 생각하지 않았을 뿐이었다.

"시험 끝나면 언니네 집에 같이 가는 게 어때? 언니를 직접 만나면 무슨 일인지 조금 더 알 수 있을지도 몰라. 장담할 순 없지만……."

방금까지 구름 같은 것 안 보고 싶다고 생각했지만

바인의 이야기를 듣자 생각이 달라졌다. 할 수 있는 일이 있다면 할 것이다. 그게 바인의 사람이라면 뭐든. 그러니 나는 바인의 사촌 언니를 만나야 했다.

당장 언니를 만나자는 내 말에 바인은 조금 망설이다 자신이 언니와 먼저 얘기해보겠다고 했다. 자신이라면 안심할 거라면서도 이 모든 게 언니에게 또 다른 상처가 될까봐 걱정하는 눈치였다. 그 순간 손바닥만한 버즘나무 잎사귀가 무릎 위로 떨어졌다. 여전히 힘차게 수액이 흐를 것 같은 선명한 잎맥을 내려다보았다. 이렇게까지 커지기 위해서 잎사귀는 참았을 것이다. 비를 맞았을 것이다. 뜨거운 햇볕을 견뎠을 것이다. 그러면서 씩씩하게 자랐을 것이다. 떨어져도 이토록 생명력을 품고 있으려면 쉽지 않은 날을 수없이 지나왔을 것이다. 떨어진 잎 덕분에 나무는 계속 살아갈 것이다. 나는 잎을 부채처럼 쥐고서 바인 쪽으로 바람을 부쳐보았다. 그러면서 바인의 무거운 구름을 날려보려고 했다. 구름이 조금 날아가는 것도 같았다.

———

　어째서 우는 사람을 보면 같이 울게 되는 걸까. 왜 슬픔은 그렇게 전염이 되는 걸까. 나는 눈앞에 떠 있는, 울고 있는 구름을 본다. 어딘가에 갇혀버린, 무언가로부터 자신을 가둬버린 사람의 구름을. 나는 깊은 슬픔이 나에게 덮쳐오는 것을 느끼면서 조심히 말을 골랐다.

　"저는요, 바인의 부탁이라면 뭐든 할 수 있거든요. 바인이 언니를 부탁했어요. 그러니까 언니도 저한테는 바인이나 마찬가지예요."

지
윤

카페에 마주 앉은 두 사람의 얼굴이 낯설기만 했다.
무슨 짓을 한 거지? 세상 모두에게 알릴 셈인가? 그것도
내 입으로? 두 얼굴이 자꾸만 흐릿하게 보였다. 초점 나
간 카메라처럼 눈이 망가진 듯싶었다. 얼굴은 여섯 개가
됐다가 하나가 됐다가 했다. 저 얼굴도 본 적이 있나? 그
사이트에서? 극심한 불안함이 밀려왔다. 그곳에서 내
얼굴을 발견했을 때의 충격이 고스란히 되살아났다. 저
얼굴들 속에서 나를 보는 일. 그 끔찍한 짓을 나는 하고
있었다. 그래, 너희들은 안전하니? 나는 묻고 싶어졌다.

엄지손가락의 굳은살을 뜯어내다 피가 배어나온 줄도
모르고.

그런 사진들이 있다는 사이트에 접속할 때만 해도 나
는 믿지 않았다. 누구 닮았다는 말을 자주 듣는 얼굴이
었다. 비슷한 사람이겠거니 했다. 심지어 그런 사이트가
있다는 것조차 처음 알았다. 나를 붙잡고 아무래도 너
인 것 같아,라고 말하는 사람 쪽을 의심하는 게 더 자연
스러웠다. 나는 이야기를 듣고도 확인하려 들지 않았다.
개학 날이 가까워서야 밀린 숙제를 몰아서 하는 학생의
마음으로 버텼다. 중요한 것도, 사실인 것도 아니니까,
생각했다. 그런 마음이 이미 일어난 일을 없는 것으로
만들어주리라 믿었을지도 모른다. 이미 일어난 일. 어쩌
면 일이 터질 걸 알았는지도 몰랐다. 그 사진 속 얼굴이
나임을 확인했을 때 가장 먼저 떠올린 단어는 '결국'이
었다.

결국.

이렇게 되고 말았다. 결국.

결국 이렇게 됐다고 좌절하고 있을 수많은 얼굴이 모

니터에 있었다. 그 얼굴들이 하나같이 나를 닮아서 무서웠다. 그 얼굴을 보고 있을 수많은 사람을 떠올리며 나는 이를 딱딱 부딪칠 정도로 떨었다. 세상에는 이런 사진을 찍는 사람이, 보는 사람이 있구나. 그리고 찍히는 사람이 있다. 나는 엉엉 울면서도 그 사이트를 나오지 못했다. 샅샅이 뒤지고 또 뒤지면서 아는 얼굴을 찾았다. 왜 그랬을까. 지금도 모르겠다.

두 사람의 말간 얼굴을 본다. 예쁘다고 생각했다. 훼손되지 않은 얼굴에서 나오는 빛. 그 빛에 나는 수치심을 느꼈다. 차마 계속 마주 볼 수 없어 피 밴 엄지를 내려보는데 막을 새도 없이 뭘 어쩌려고,라는 말이 튀어나왔다.

"어쩌겠어. 뭘 어쩔 수 있겠어."

그러자 보연은 대뜸 자신의 이름을 바꾸었다고 했다. 이름? 내가 되묻자 보연은 원하는 걸 선택하는 게 어렵지, 나도 알아, 했다. 그러고는 내 손을 꼭 잡고 말했다.

"그렇지만 할 수 있어. 하면 돼. 하고 나니까, 언니, 생각보다는 덜 어렵더라. 어려운 건 같이하면 되더라. 바인. 내가 지은 내 이름이야. 서인이랑 함께 지은 이름.”

그러면서 서인을 바라보았다. 그러는 서인의 눈에 꽃이 피는 것을 정확하게 보았다. 나는 낯선 이름을 낮게 불러보았다.

“바인?”

“응, 언니.”

보연은 바로 대답하고는 믿을 수 없는 이야기를 털어놓았다. 서인이 ‘구름’을 볼 수 있다는 것이었다. 이어 서인이 말했다. 어떤 구름은 보통 사람들의 것보다 훨씬 뚜렷하고 쉽게 눈에 띈다고. 덕분에 어릴 적에 큰 위험을 피했다고도.

“어떤 구름?”

“위험한 사람들의 구름은 금방 눈에 띄어요. 덕분에 진짜 위험한 사람을 피한 적이 있어요. 예전에 편의점에서 완전히 짙고 어두운 구름을 가진 남자를 봤거든요. 저는 바로 도망쳤는데 편의점 언니는 그러지 못했어요. 지금도 검색하면 그 사건이 나올 거예요. 열두 살 때였는데, 그때부터 그런 구름은 영상이나 사진에서도 볼 수 있어요. 인간이 벌레나 곰팡이를 보고 징그럽다고 느끼는 게, 그것들이 위협이 될 수 있어서 발현된 진화의 결과라고도 하잖아요. 아마 그런 거랑 비슷할 거예요. 제가 겁이 많아서 그래요. 아니었다면 다른 구름을 더 잘 보게 됐을지도 모르죠."

그렇게 말하는 서인의 표정이 어딘지 조금 서글퍼졌다. 해사하다고만 느꼈던 얼굴에 그늘이 내려앉는 것을 보니 마음이 움직였다. 눈치 빠른 보연이 그 틈을 끼어들며 말했다. 최소한 그 사진이 찍힌 장소는 특정할 수 있으니 그곳을 중심으로 지나가는 사람들을 관찰해보자고. 이런 사진을 찍어 사이트에 올리는 사람은 재범의 가능성이 아주 클 거라고. 나는 보연의 그 확실한 말들이 소름 끼치면서도 믿음직스럽다고 생각했다. 이 애들을 당장 피하고 싶으면서도 이 애들에게 기대고 싶다고 생각했다. 그토록 알아내고 싶던 범인이었다. 하지만 그 사람을 막상 찾을 수도 있다고 생각하자 돌연 도망가고 싶어지는 마음이 고개를 쳐들고 있었다. 나는 삼백 년은 산 사람처럼 지겹고 지친 상태로 두 사람을 바라보았다.

생각 좀 해볼게,라는 말로 두 사람을 돌려보낸 지 벌써 두 달이 지났다. 요즘은 자주 시간이 얄미웠다. 어느 날 시간은 제자리에 멈춘 듯 서서 나를 노려보았다. 나를 머리끝에서 발끝까지 해체했다. 갈가리 찢긴 나를 어김없이 사진 속으로 데려갔다. 시간은 뒤로 흘렀다. 나는 과거에 살고 있었다. 그러다 어느 날 시간은 저 혼자 사라졌다. 눈을 한 번 깜박이는 데 몇 날 며칠이 지나갔다. 시간이 텅 비어버렸다. 엉망으로 흐르는 시간 속에서 할 수 있는 것이라곤 정체 모를 그것을 미워하는 일뿐인지 몰랐다.

그나마 바인에게서 메시지가 도착할 때면 시간이 잠깐 제자리를 찾는 느낌이었다. 그사이 나는 바인이라는 이름이 익숙해졌다. 곧 방학이라 언니네 가서 며칠 지낸다고 엄마랑 이모한테 허락받았어. 서인이랑 내일 오후에 도착할 거야. 뭐 먹고 싶은 거 없어? 우리가 사 갈게. 깨끗한 물 같은 바인의 목소리를 닮은 문장을 읽자 반가

우면서도 겁이 났다. 미워하는 마음만 가득한 곳에 두 사람을 들이고 싶지 않았다. 나는 답장을 하지 않고 다시 시간이 제멋대로 흐르도록 내버려두었다.

그런데 말릴 틈도 없이 이들은 이미 내 집에 있었다. 두유, 죽 같은 부드러운 것들만 가져온 바인의 마음을 알 것 같아 마음이 이상해졌다. 나의 두려움을, 절망과 고통과 분노를 나눠 지려는 존재들. 세상의 기준으로는 하나도 똑똑하지 않은 두 사람. 눈앞에 생생하게 살아 움직이는 바인과 서인을 보면서 나는 조금 숨통이 트이는 걸 느낄 수 있었다.

이 집에 처음 온 사람 같지 않게 음식을 정리하고 쓰레기통을 비우며 바쁘게 움직이는 바인과 달리 서인은 잘못 놓인 가구처럼 거실 구석에 서 있었다. 서서, 조심스럽게 나를 관찰했다. 그 눈빛에 어쩐지 속내를 다 들키는 기분이었다. 나를 들여다보고 있는 것 같았기 때문이다. 나는 무언가에 홀린 것처럼 서인을 마주 보았다. 어쩐지 나와 닮은 눈. 그것은 상처받은 눈이었다. 바인이 하던 일을 멈추고 그런 우리를 보았다. 이내 서인을 내 옆에 데려다 앉히고 말했다.

"일단 밥부터 먹자."

바인은 반찬을 한가득 싸준 이모 때문에 오는 길이 얼마나 무거웠는지 아느냐고 너스레를 떨며 짐을 꺼내 보여주었다. 마법 상자처럼 끝도 없이 먹을 것이 쏟아지는 가방을 보자 헛웃음이 났다. 곁에서 말없이 앉아 있던 서인도 피식, 웃어버렸다.

바인이 커다란 보온 통에 담긴 흰죽을 밥그릇에 옮겨 담고, 이모의 손길이 느껴지는 유자연근샐러드를 접시에 냈다. 그러는 동안 서인은 달걀을 세 개 풀어 순식간에 소박한 달걀말이를 만들었다. 새콤하고 고소한 냄새가 집 안에 퍼졌다. 오랜만에 허기가 느껴졌다. 우리는 좁은 식탁 대신 바닥에 상을 펴고 둘러앉았다.

"죽은 내가 만들어 온 거니까 걱정하지 마. 엄마는 아무것도 몰라."

고마워. 나는 겨우 답했다. 따뜻한 집, 소박한 밥상, 대화를 나눌 수 있는 사람들 안에 내가 있었다. 이 안에. 내가 있다. 다시는 할 수 없을 것 같던 평안한 시간 안에. 이 두 사람과 함께 있어서 다행이었다. 그런 생각을 하자 눈물이 차올랐다. 그걸 본 바인이 말했다.

"눈물 금지! 감동 금지!"

우리 셋은 크게 웃었다. 나는 울면서 웃었다. 웃으면서 울었다.

하지만 마음처럼 음식을 쉽게 넘기지 못했다. 억지로 한술 더 뜨려는 내게 바인이 억지로 먹으면 체한다며 말렸다. 서인 역시 골똘해서 식사에 집중하지 못했다. 바인은 상을 치우고 설거지를 했다. 싱크대 위의 물기까지 말끔하게 정리한 뒤 손에 버터 향이 나는 핸드크림을 바르며 나와 서인의 곁에 다가와 앉았다.

비로소 서인이 말했다. 그곳에 가보고 싶다고.

그곳.

이 평범한 단어가 이토록 무서울 수 있을까. 듣자마자 숨을 막아버리는 단어라는 것이 세상에는 있다. 발화되는 순간 한 인간을 끌어내리는 말이라는 것이.

"언니에게 엄청 힘든 일일 거 알아요. 일단은 바인과 둘이 가볼게요. 위치만 알려주세요."

둘이 가겠다니. 아무 말도 못 하는 나를 두 사람이 가만한 눈으로 바라보고 있었다. 고요한 가운데 들리는 건 우리의 숨소리뿐이었다. 나는 그저 시간이 지금 이 순간에 딱 멈춰버렸으면 좋겠다고 생각했다. 바인이 말했다.

"우린 괜찮아. 어디든 갈 수 있어. 언니도 어디든, 갈 수 있게 될 거야. 난 알아."

꽉 막힌 문에 미세하게 난 틈이 보이는 것 같았다. 이 아이들은 얼마나 강한가. 얼마나 단단한가.

하지만 나는 결코 두 사람만 그곳에 보낼 수는 없다고 생각했다. 주먹을 꼭 쥐어보았다. 손바닥을 찌르는 손톱이 느껴졌고, 둘의 용기라면 나도 한 번쯤 내 지옥을 마주할 수 있을 것만 같다는 생각이 들었다. 그래서 말했다.

"나도 갈게."

목소리가 떨렸다.

그 앞을 지날 때면 사람들이 나를 알아볼 것 같아 늘 공포에 빠졌었다. 학교에 가려면 피할 수 없이 지나쳐야 하는 길목이었기 때문에 언제나 두려웠다. 모자를 깊게 눌러쓰고, 마스크를 착용하는 일을 한여름에도 거르지 않았었다. 그런 곳을 지금 간다. 할 수 있는 한 천천히 외출복으로 갈아입고 신발에 발을 넣으면서도 마음이 흔들렸다. 거기에 가는 게 맞는 걸까. 갈 수 있을까. 현관에서 머뭇대자 바인이 손을 내밀었다. 따뜻한 바인의 손을 맞잡았다. 무슨 일이 있어도 내 손 놓지 마, 바인은 나에게 신신당부했다. 그럴게, 나는 깊게 눌러쓴 모자에 숨어드는 기분으로, 그래도 뭔가가 달라지기 바라는 마음으로 답했다.

익숙하고 낯선 골목을 지나 버스 정류장까지 가는 동안 우리는 아무 말도 하지 않았다. 지하철보다 더 돌아가는 버스를 택한 건 바인의 아이디어였는데, 어두운 지하철 창에 얼굴이 비치는 걸 내가 견디지 못한다는 사실을 알고 내린 결정인지는 알 수 없었다. 어쨌든 빠르게 바깥 풍경이 뒤로 내달렸고 딱 그만큼의 속도로 머리가 비워졌다. 버스에서 내릴 때가 되었을 즈음에는 이게 무슨 상황인지 도무지 모르겠다는 생각뿐이었다.

"내리자."

바인은 역시 내가 이럴 줄 알았던 것 같았다. 출발 전부터 나에게 그곳의 위치를 자세히 묻더니 집을 나선 순간부터 앞장서 갔다. 나는 늘 다니던 길을, 마치 초행길 안내하듯 이끄는 바인의 등만 보고 걸었다. 그래도 알 수 있었다. 가까워지고 있다.

지하철역이 있는 사거리는 늘 번화해서 밤에도 낮처럼 환했다. 아니, 낮보다 더 환한 밤이 그곳의 풍경이었다. 그리고 그곳. 그곳은 지하철역과 멀지 않은 곳에 번쩍이는 간판을 달고 높게 솟아 있었다. 손을 꼭 잡은 바인이 아니었다면 결코 서 있지도 못했을 것 같은 기분으로 나는 그곳을 바라보았다. 겨울이 코앞이라고는 하지만 몸이 지나치게 떨렸다. 떨게 하는 것이 추위가 아니라는 것쯤은 의식할 수 있었다.

"여기 진짜 모텔이 많네요."

서인이 날카로운 목소리로 말했다. 나는 아무 말도 할 수가 없었다. 저기 남자와 손잡고 걷는 여자들이 모두 사진 속의 얼굴들 같았다. 이곳을 지나치는 남자들 모두가 나를 알아볼 것 같았다. 지금도 저 모텔 안에서 누군가가 감쪽같이 숨겨놓은 카메라에 찍히고 있을 것 같았다. 나는 과거이자 현재인 순간에 갇혀 있었다. 그 애와 약간의 민망함을 애써 숨기면서 들어선 건물의 입구, 방 키를 건네받은 카운터, 사방이 거울로 둘러싸여 지나치게 눈부신 엘리베이터 안, 그에 비해 놀랍도록 어두운 복도, 단단한 현관문과 이불에서 나는 소독약 냄새⋯⋯. 나는 그곳이 비교적 새로 지어진 곳이라 안심했었다. 먼저 욕실로 들어간 그 애를 기다리면서 아늑함마저 느꼈다. 늘 차가운 몸으로 늘 따뜻한 그 애의 몸을 기다렸다. 처음 이후, 나는 조금 더 편하게 그 애와 함께 그곳에 갔었다. 괜찮았다.

하지만 지금 나는 전혀 괜찮지 않다. 어느새 덜덜 떨리는 몸을 주체할 수가 없었다. 숨이 잘 쉬어지지 않아 눈물이 났다. 그런 나를 보고 깜짝 놀란 바인이 서인에게 얼른 돌아가자고 말하는데, 세상이 빙글 돌더니 어두워졌다.

서인

이상한 곳. 내가 살던 동네와 비교할 수 없을 정도로 크고, 위험한 장소. 나는 복잡한 사거리 한쪽에 서서 이상하다는 생각을 계속하고 있었다. 눈으로 보고 있는데도 믿을 수가 없었기 때문이다. 이렇게나 많은 사람이 이렇게나 비슷하게 악의를 가진 먹빛 구름을 지고 있다니. 심장이 떨렸다. 괜찮으냐고 묻는 바인의 말에 대답조차 못 하고 멍하니 서서 사람들을, 건물들을 바라보았다. 지나가는 사람 셋 중 하나는 먹색의 구름―내가 가장 위험하다고 느끼는 색이 정확히 저것이다 ─을 지고 있었고, 짐작보다 많은 수의 모텔이 한 구역에 즐비해 있었다. 그 사이사이에 빼곡하게 자리한 온갖 술집을 보며 나는 처음으로 이 세계의 속살을 본 것 같았다.

"여기 진짜 모텔이 많네요."

무심코 튀어나온 말과 동시에 지윤 언니가 가쁜 숨을 내쉬더니 그 자리에서 쓰러지고 말았다. 바인이 깜짝 놀라 언니를 붙들며 "언니, 눈 떠봐!" 소리쳤는데, 지나가는 사람들은 우리를 힐끔힐끔 곁눈질할 뿐 누구도 나서서 도와주지 않았다. 그게 다행이다 싶게 가까이하고 싶지 않은 구름들이 자꾸 눈에 띄었고, 나는 어떻게든 도움 줄 만한 사람을 찾으려 발을 동동 굴렀다. 지윤 언니의 가쁜 숨소리가 천둥처럼 들렸다. 나는 무엇을 확인하려고 여기 오자고 한 것일까. 내가 뭘 할 수 있다고 언니를 이렇게 힘들게 했던가. 사방에서 구름들이, 건물들이 우리를 짓누르는 것 같았다. 그것들이 검은 입을 벌리고 우리를 조여와 곧 삼켜버릴 것 같았다.

서울로 향하는 기차 안에서 바인과 나는 용기에 충만했었다. 우리가 언니를 지켜주자고, 꼭 범인을 찾아내자고 다짐했었다. 나는 구름으로 사람을 파악하는 데 확신이 있었고, 바인은 언니를 향한 마음에 확신이 있었다. 상처 입은 사람과 상처 입힌 사람을 똑바로 바라보는 마음이 우리에게 있으니 다음으로 가는 문은 반드시 열릴 거라고 믿었다.

하지만 우리는 무력했다.

다행히 지윤 언니는 금방 정신을 차렸다. 여전히 숨을 고르게 쉬지 못하고, 하고 싶은 말이 있는데 하지 못하는 듯 답답한 표정을 지어 보였지만 곁에 있는 우리를 보자 몸을 일으켰다. 나는 서둘러 택시를 잡았다. 아무것도 묻지 않는 택시 기사가 고마웠다. 언니의 집에 도착하자마자 언니를 욕실로 들여보내고, 겨우 한숨을 돌린 바인과 나는 서로를 마주 볼 뿐 아무 말도 하지 못했다. 그저 기차에서 나눴던 우리의 각오가 얼마나 하찮은 것이었는지를 되새길 뿐이었다.

겨울방학이 시작되었다.

　　"이제 고 3이니까 정신 똑바로 차리고 귀한 시간 낭비하는 일 없도록 해라."

　　담임이 교탁 앞에서 성의 없이 잔소리를 했다. 부산한 교실에서 그 얘기에 귀 기울이는 애들은 아무도 없었다. 방학이 되었고, 곧 관둘 거라는 소문이 무성했던 담임은 역시나 오늘로 마지막이라고 했다. 그와 우리는 완전히 남남이 될 터였다. 담임도 미련 없이 교실을 떠났다. 다만 내게는 귀한 시간,이라는 말이 귀에 날아와 걸렸다. 이 시간은 내 어지러운 시절의 마지막 마디가 될 것이다. 창문 밖으로 앙상하게 가지만 남긴 나무들을 바라보며 생각했다. 지나가면, 무사히 지나가기만 하면 나는 엄마라는 굴레를 벗을 수 있을 것이다. 귀하게 지나가기를. 나는 그것을 간절히 희망했다.

　　그날부터 이상하게 잠이 쏟아졌다. 방학이 시작되자 견딜 수 없이 졸려서, 나는 낮이고 밤이고 침대에 누웠

141

다. 잠깐 일어났다가도 기절하듯 잠에 빠졌다. 아침 열
시에도, 오후 세 시에도, 저녁 여덟 시에도 나는 잠을
잤다. 한번 잠에 들면 좀처럼 깨지 못했다. 가끔 할머
니가 방에 들어와 밥은 먹어야지, 할 정도였지만 세 번
에 한 번 정도 응할 수 있을 뿐 졸음은 무섭게 내렸다.
겨울잠을 자는 거야. 마디 끝에서 새 가지를 틔우려고
에너지를 모으는 거야. 꿈도 없는 잠을 몇 시간이고 이
루다가, 깨어 있을 때는 그런 생각을 했다. 그 틈에 바
인을 떠올리고, 지윤 언니를 떠올렸다. 저마다의 속도
로 흘러갈 시간을 짐작하다가 짓눌리듯 다시 잠이 들
었다.

바깥에 불고 있는 매서운 바람 소리에 눈을 떴다. 아
직 어두운 새벽이었다. 안과 밖의 온도 차이로 생긴 결
로가 얼어붙어 창문이 잘 열리지 않았다. 그것을 힘주
어 열어보았다. 하얀 세상. 온통 눈으로 뒤덮인 풍경이
눈앞에 펼쳐져 있었다. 두툼하게 쌓인 눈은 세상의 모
서리를 완만하게 감싸고 있었고, 그 아래서 사물들은
숨을 죽이고 있었다. 가로등 불빛을 힘차게 반사하는

눈에는 가까이 가면 다른 세계로 넘어가는 문이 있을 것만 같았다. 자세히 보니 그 근처로 삼지창 모양의 새 발자국이 종종 찍혀 있었다. 금방 다녀간 모양이었다. 나는 폐까지 닿는 차가운 공기를 흠뻑 들이마셨다. 드디어 잠이 멀리 달아나는 것을 느꼈다. 휴대폰을 보니 겨울방학이 시작된 지 벌써 두 주가 지나 있었다. 창문을 그대로 열어둔 채 이불을 목까지 끌어올렸다. 이 집에서 한 번쯤 느껴보았던 안온함을 감각했다. 그러고는 앞으로 내게 남은 시간을 생각했다. 나의 홀로서기는 낭만적이지 않을 것이다. 싸워야 할지도, 도망쳐야 할지도, 결국 숨어버려야 할지도 모른다. 그런 생각을 하자 몸이 조금 뜨거워졌다.

방 밖에서 할머니가 아침을 준비하는 소리가 들려왔다. 그건 지금이 아침 일곱 시라는 뜻이었다. 지금 같은 깊은 겨울에는 아직 해도 뜨지 않을 시간, 할머니는 변함없이 당신의 일을 수행하고 있었다. 나는 거의 먹지 않고, 엄마마저 숙취로 늦잠을 자기 일쑤라 거르는 때가 많은 그 아침을, 할머니는 성실하게 하루도 거르지 않고 만들어냈다. 대파와 무 따위를 도마에 써는 소리, 국이 보글보글 끓는 소리와 밥솥이 김을 내뿜는 소리는 이 집의 알람 소리와도 같았다. 문득 이 모든 것이 당연하지 않게 느껴져 나는 내게 물었다. 이 거짓말 같은 아늑함을 언젠가 그리워하게도 될까. 나는 그리워질지도 모른다는 쪽에 마음이 쏠리는 것을 알아챘다. 따지자면 그러고 싶은 바람에 가까울 것이다. 내게도 그리워할 어떤 것이 있다고 믿고 싶은 것이다. 나는 그런저런 생각을 하며 몸을 일으켰다. 언젠가 필요할지도 모르니까, 살면서 그리운 장면 하나쯤 만들어도 좋겠다는 작정으로.

"오마? 웬일이냐, 아침 밥상에 얼굴을 다 내밀고? 잘했다, 얼른 앉아. 따뜻할 때 먹어야 맛있다."

식탁 위에는 김이 폴폴 올라오는 뭇국과 네모반듯한 김, 할머니가 지난달에 끙끙대며 해낸 김장김치가 소박하게 올라와 있었다. 내가 나오는 것을 보자마자 할머니는 밥솥에서 밥을 펐다. 갓 지어 윤기가 흐르는 흰쌀밥이었다. 할머니는 눈에 띄게 흐뭇해했다. 타인의

144

입에 들어갈 음식을 매일 습관처럼 만들어내는 사람만이 갖는 어떤 감정이 있을 것이었다. 그건 어쩌면 기쁨일 텐데. 그 모습을 보자 매일같이 혼자 식사를 준비했을 할머니가 꽤 쓸쓸했겠다고 새삼스레 생각했다.

"밥 너무 많은데."

"주는 대로 그냥 먹어. 얼마 만에 먹는 건데 많다 그러냐. 거 무슨 바람이 불었는지 몰라도."

"이제 아침 좀 챙겨 먹어보게. 할머니 밥 언제까지 먹을지도 모르고."

내 말에 할머니는 그게 무슨 뚱딴지같은 소리냐고 물으며 눈을 동그랗게 떴다.

"그냥…… 할머니 밥 맛있어서 해본 소리야."

"서인아, 네 나이 때는 말이다, 그저 친구들이랑 재미있게 놀고 학교 공부 잘하고 집에서 챙겨주는 밥 부지런히 먹으면 되는 거야. 그것 말고 다른 고민은 할 필요가 없단 말이야. 알아들어?"

입에 든 밥 한 숟갈을 핑계로 대답 없이 고개만 끄덕였다. 다른 고민을 할 필요가 없나. 정말로? 그렇지만 할머니, 내 나이도 그렇게 단순하지가 않아. 친구들은 점수 경쟁하느라 바쁘고, 학교는 그걸 보고만 있거든. 이상한 사람들이 너무 많아, 할머니. 할머니는 옛날에 비하면 세상 좋아졌다고 말하지만 옛날보다 훨씬 끔찍해진 것들도 있어. 어떤 사진이나 영상은 영원히 없앨 수 없고, 그걸로 돈을 버는 사람들이 있어. 길을 가다가 여자라는 이유로 폭행을 당해. 죽임을 당해. 할머니, 나도 다른 고민 같은 건 안 하고 싶어. 하지만 그럴 수 없어서 힘들어. 난 안전한 곳이 필요해. 우리는 왜 서로에게 그런 곳이 될 수 없는 거야?

나는 내 구름이 눈처럼 차갑게 어깨로 내리는 것을 느끼며 하고 싶은 말들을 삼켰다. 그런 나를 가만히 바라보던 할머니가 말했다.

"너도, 너희 엄마도 살기 힘든 거 안다. 세상이 언제 사람한테 넉넉한 적 있다니…… 내가 죄인이지."

"얘기가 왜 그리로 흘러? 할머니는 잘못 없어."

할머니의 깊은 눈을 바라보았다. 세월의 흔적이 역력했지만 살아남은 사람의 생생한 힘이 느껴지는 눈이었다. 아끼는 마음, 아끼는 이들을 지극하게 돌보는 마음이 담긴 작고 까만 눈. 이 눈을 기억하고 싶다고 생각하며 바라보았다. 잃어버린 것이 너무나 많지만 그것을 안타까워하기보다 남은 것을 지켜내기로 한 사람이 할머니였다. 나는 과연 그런 할머니에게 상처 주지 않고 떠날 수 있을까? 어려울 것이다. 그래서 계속 되뇌는 것이다. 할머니는 잘못 없어. 할머니 잘못은 하나도 없어.

지
운

곧 다시 연락하겠다는 약속을 남기고 집으로 돌아간
두 사람에게서는 연락이 없었다. 연락을 기다리는 동안
나는 내가 그들에게 무슨 희망을 걸었던 건지 모르겠다
는 생각을 자주 했다. 서인과 바인. 바인과 서인. 이들에
게는 그 약속을 지켜야 할 의무가 없었다. 아무리 생각
해봐도 이 진창에 그들이 발 들일 이유는 조금도 없다.
그런데 왜? 왜겠어. 나는 그럼에도 기대를 걸고 싶었던
것이다. 기대라는 것을 해보자고 생각했던 것이다. 두
사람 덕분에 혼자라는 막막함을 이길 수 있었으니까. 아

무엇도 바꿀 수 없다 해도, 그래도.

그런데 바인이 내게 도움을 청하고 있었다. 전화기 너머에서 다급한 목소리로 바인이 말했다.

"언니, 우리 지금 가도 돼? 급하게 연락해서 미안한데 언니밖에 연락할 사람이 없어서."

"무슨 일이야? 괜찮아?"

"응, 나는 괜찮은데 서인이…… 일이 좀 있었어. 지금 출발하면 두 시간이면 도착할 거야. 서울 도착하면 다시 전화할게."

지금 온다고? 얼마나 급했는지 바인은 내 말을 듣지도 않고 전화를 끊었다. 그리고 정확히 두 시간 후에 집 근처에 도착했다며 다시 전화를 걸어왔다. 이미 밤 열한 시가 넘은 시각이었다. 나는 바인의 전화를 끊자마자 서둘러 겉옷을 꿰어 입고 집 밖으로 나갔다. 겨울밤은 깊이 내린 어둠으로 위험한 것들을 숨기니까. 추위는 시야를 가리게 마련이니까. 나는 두 사람이 무사히 도착하기를 간절히 바랐다. 우리가 탈 없이 안전한 집 안으로 돌아올 수 있기를. 이 간절한 마음을 기도처럼 품고 집 앞

가로등 아래로 갔다. 매섭게 부는 바람이 날카로운 소리를 내며 지나갔다. 오고 가는 사람 하나 없는 어두운 골목길에 보이는 것이라곤 가로등 빛을 받은 사물의 희미한 흔적뿐이었다. 나는 내 모습을 가로등 아래 정확히 드러내고 섰다. 길이 엇갈릴 것이 걱정되어 더 나서지 못한 채 제자리를 왔다 갔다 했다. 눈물이 날 만큼 차가운 바람을 피해 목도리 속으로 코와 입을 가렸다. 어서 와, 얘들아. 그러나 이 기다림이 끝도 없이 이어질 것 같은 불길한 예감이 들었다. 어느새 발끝이 얼어붙은 느낌이 들 정도로 시간이 지났다. 어지러울 정도로 초조해져 왼쪽 가슴께를 주먹으로 치고 있을 때였다. 골목 끝에 자그마한 두 사람이 나타났다. 이 추운 날씨에, 얇은 실내복만 달랑 입고 겨우 패딩을 걸친 서인을 바인이 꼭 안고 걸어오고 있었다. 두 사람은 치열했던 전투를 겨우 끝내고 귀환하는 전사처럼 보였다.

집에 감도는 훈기에 안심하면서 두 사람에게 서둘러 담요를 꺼내주었다. 이제 무얼 해야 하지? 나는 허둥대다 지난번 이모가 바인 편에 보내온 생강청이 그대로 냉장고에 있는 것을 떠올렸다. 서둘러 물을 끓이고, 생강 청을 크게 한 숟가락 떠 잔에 담았다. 곧장 작은 집 전체 가 생강 향으로 가득 찼다. 그러는 동안에 나는 아무것 도 묻지 못했다. 곁눈질로 두 사람을 볼 뿐. 서인은 바인 의 품에서 버림받은 새끼 새처럼 덜덜 떨고 있었다. 바 인이 낮은 목소리로 나 여기 있어, 되뇌는 걸 곁에서 들 으며 생강차 세 잔을 쟁반에 담았다. 마주 앉아서 이상 하게 긴장을 느끼면서 둘에게 말했다.

"와줘서 고마워."

진심이었다. 시간이 이들에게 얼마나 잔인하게 굴었 던 걸까. 많이 기다렸다는 말은 하지 못했다. 다만 따뜻 한 차가 우리에게서 이토록 냉랭한 시간을 밀어내주기 를 바랄 뿐이었다. 그리고 다가올 시간은 조금 친절하 기를.

바인과 서인을 앞세워 그곳에 갔다가 기절하듯 집에 돌아온 날 이후 처음으로 셋이 마주 앉은 것이었다. 그 때 나는 실패했다고 생각했다. 결코 이전으로 돌아갈 수 도, 내가 잃은 것을 되찾을 수도 없을 것이라고 체념했다. 자포자기의 마음을 미워하면서도 그런 마음이 되는 것을 막지 못했다.

나는 훌쩍 괜찮아지고 싶었다. 다시 평범했던 나로 돌아가고 싶었다. 하지만 그곳에 가보고 깨달았다. 그것은 불가능했다. 그리고 이 정도도 견디지 못했으니 영영 이대로 지내게 될 것이었다. 나는 그런 절망적인 상태에서 벗어나지 못했다.

완전히 바닥이라고 느꼈을 때 떠오른 것이 바인과 서인 두 사람의 눈이었다. 순수한 확신으로 신뢰를 전해오는 바인의 눈과 내 안의 상처를 고스란히 함께 느끼는 서인의 눈. 나는 그 눈빛을 붙잡아 이 어둠에서 벗어나고 싶었다. 빛의 이동 방향을 따라 고개를 돌리는 식물처럼 두 사람의 눈을 마음에 거듭 새겨넣었다.

그러면서 나는 무언가가 달라지고 있다는 것을 깨달았다. 여전히 어렵지만 그건 어쩌면 풀 수도 있을 어려움, 몹시 끈끈해서 쉽지는 않겠지만 그건 어쩌면 가까스로 벗어날 수도 있을 절망이라는 생각. 혼자가 아니니까. 함께 아파하는 사람들이 있으니까. 내게 필요한 건 시간이라고, 결국 시간은 내 편일 거라고 조심스럽게 믿게 됐다.

이런 이야기를 주절주절 바인과 서인에게 건넸다. 두 사람 덕분에 내가 여기 있다고, 그러니 원한다면 언제든 두 사람은 여기 있어도 된다고. 두 손으로 잔을 쓰다듬던 서인이 천천히 차를 마시기 시작했다. 바인과 나는 그런 서인을 가만히 지켜보았다. 서인은 푹 젖은 목소리로, 그러나 울지는 않고 말했다.

"엄마는 선을 넘은 거예요."

서인

나는 여전히 침대에 누워 있었다. 삑삑, 현관 비밀번호를 누르는 소리가 들렸지만 그것이 내 세계에 속하지 않은 것처럼 멀게만 느껴졌다. 아휴, 웬 술을 또 이렇게 마셨냐, 할머니의 말이 아주 먼 곳에서 들려오는 것 같았다. 벌써 저녁이구나. 나는 다시 시작된 끈질긴 잠의 힘에 저항하지 못하고 모로 누워 이불을 머리 위로 끌어올렸다. 그때 방문이 벌컥 열렸다. 엄마는 이미 상당히 취해 애는 그냥 두라는 할머니를 거칠게 밀치고 내가 덮고 있던 이불을 젖혔다. 그러고는 누워 있던 내 두 어깨를 붙잡고 마구 흔들어 깨웠다.

"당장 일어나! 새끼라고 하나 있는 게 왜 이 모양이야? 만날천날 엎어져 자고만 있는 게 사람 새끼야?"

날벼락 같은 목소리였다. 그 소리가 뺨을 때리듯 잠을 깨웠다. 뭔가가 시작되려 한다는 걸 직감했다. 나도 모르게 한숨이 새어나왔다. 그러자 엄마가 다시 소리를 질렀다.

"재수 없게, 한숨? 넌 뭐가 그렇게 힘들어서 방에만 처박혀 있어? 여기 내 손 부은 거 보이지? 다 너 먹여 살리느라 그런 거야. 근데 너는 뭐, 세상 다 끝난 사람처럼 누워만 있어? 이 방에 숨어 살면 뭐가 해결돼? 아니, 집이 없어, 옷이 없어, 대체 제깟 게 뭐가 그렇게 힘들어?"

말하는 틈으로 술 냄새와 담배 냄새를 끼치며 엄마는 계속 무언가를 쏟아냈다. 구역질이 올라오는 것이 냄새 때문인지 가슴께에 얹혀버린 엄마의 말들 때문인지 알 수 없었다. 보기 싫게 휘도는 엄마의 구름은 버스가 내뿜는 매연처럼 피하고만 싶은 것이었다.

"나 먹여 살리라고 한 적 없어. 그러니까 엄마도 나 신경 쓰지 말고 엄마 문제 해결하면서 살아. 이상한 남자나 조심하고. 도대체 그 인상 더러운 남자는 어디서 만난 거야? 징그럽게 오빠가 뭐냐. 나는, 엄마가 너무 창피해."

내가 할 거라고는 생각지도 못한 말이 입 밖으로 나오는 것을 나는 그냥 내버려두었다. 내 말을 들은 할머니가 깜짝 놀라며 남자? 무슨 남자? 했고 엄마는 황서인 닥쳐, 그렇게 창피하면 내 집에서 나가면 되겠네, 하고 소리를 지르며 책상 위에 있는 것들을 방바닥에 내던지기 시작했다.

"이 공책 하나하나가 다 돈이야, 미친년. 나 아니었으면 무슨 수로 산다고. 잘됐네, 나가, 나가!"

나는 침대에 걸쳐 앉은 상태로 엄마를 보았다. 책상 아래 놓아둔 가방을 신경 쓰면서. 이럴 줄 알았으면 가방을 제대로 숨겨두는 거였다. 또 엄마 때문에 망했다. 나는 늘 예측 불가의 행동으로 내 삶을 망쳐온 엄마가 견딜 수 없이 싫었다. 그러거나 말거나 잡히는 대로 물건을 던지던 엄마는 이제 책상 서랍을 뒤지고 있었다. 나는 몸을 일으켜 그만해,라고 말하며 엄마의 왼쪽 손목을 잡아챘다. 무서운 힘으로 나를 뿌리친 엄마는 이제 좀 겁이 나? 하면서 가장 아래쪽 서랍을 꺼내 통째로 뒤집어 물건을 쏟았다. 나는 재빨리 물건을 줍는 척 가방을 등지고 앉았고, 엄마는 나와, 당장 꺼져, 못된 년아, 하면서 나를 밀쳤다.

결국 엄마의 시선이 가방에 닿았다.

"이, 이게 뭐야?"

"건드리지 마!"

나는 소리쳤다. 지금까지와 다른 반응에 엄마는 더욱 흥분했다. 말릴 틈도 없이 엄마는 가방을 열어젖혔다. 거기서 온갖 짐들이 쏟아져나왔다. 엄마는 물론이고 할머니까지 그 물건들, 당장 어디론가 떠나겠다는 의지가 분명하게 담긴 것들을 보고 눈이 휘둥그레졌다. 나는 그런 두 사람을 뒤로하고 쏟아진 짐들을 거칠게 가방에 주워 담기 시작했다. 엄마는 잠시 이게 무슨 뜻인지 이해하느라 애쓰는 듯하더니 퉁퉁 부은 손으로 내 머리카락을 거세게 잡아당겼다. 믿을 수 없이 센 힘이었다. 거기에 끌려 엉거주춤 일어섰고, 엄마는 고함을 지르며 내 뺨을 때리기 시작했다.

"이게 다 뭔지 말 안 해? 황서인! 너 진짜 뭐가 무서운지 몰라서 이 지랄이야, 지랄이?"

나는 엄마의 손길을 피하지 않았다. 엄마가 물리적으로 폭력을 쓴 것은 처음이었다. 나는 이 순간을 영원히 잊지 못할 것을 예감하면서 엄마를 똑바로 노려보았다. 그럴수록 엄마는 더 화를 내며 욕을 하고, 발길질을 하고, 손찌검을 했다. 할머니가 엄마와 나 사이를 막아섰지만 소용이 없었다. 할머니가 힘없이 나가떨어졌고, 바닥에 넘어져 울고 있는 할머니를 보자 나는 모든 것이 지긋지긋하게 느껴졌다. 나는 엄마의 손찌검이 잠시 멈춘 틈을 타 벽에 걸려 있던 패딩을 훔치듯 낚아채서 집을 뛰쳐나왔다.

당장이라도 코끝을 얼게 할 것 같은 찬 바람을 맞자 세상 바깥으로 떨어져나온 기분이 들었다. 눈물조차 나지 않았다. 턱을 덜덜 떨며 나는 걸었다. 거리가 팅 비어 있는 추운 겨울밤이라 다행이었다. 다행인가. 내게 다행이랄 게 있을까. 나는 그런 건 없다고 생각하며 계속해서 걸었다. '어린이 보호구역 CCTV 신규 설치 장소'라고 쓰여 있는 현수막이 바람에 세차게 흔들렸다.

잎사귀를 모두 떨군 채 알몸으로 서 있는 가로수들을 지났다. 잘 안다고 생각했던 동네의 거리가 밤의 장막 속에서 낯선 얼굴을 하고 있었다. 발끝에는 이미 감각이 없었다. 꽁꽁 언 손을 주머니에서 꺼내 입김을 불다가 바인을 생각했다. 이 꼴을 바인이 본다면 얼마나 놀랄까. 그 애는 나보다 더 충격을 받을 터였다. 그걸 알면서도 나는 바인에게로 가고 있었다. 거의 의식하지도 못한 발걸음이었다.

———

여기서 얼마든지 지내도 돼. 지윤 언니는 말했다. 내가 절대 집에 가지 않겠다고 고집부렸기 때문에 바인은 나를 지윤 언니에게 데려왔다. 정말이지 계획대로 되는 것이 없는 삶이다……. 나는 계속 이 생각을 했다. 오랫동안 준비해온 가출이 이런 식으로 성사될 줄 알았다면 다른 대비책을 마련해뒀을까. 나는 집에 두고 온 가방을 생각하고, 할머니를 생각하고, 그러다 엄마를 생각하며 한숨을 쉬었다. 나를 찾을까, 찾기나 할까. 아마 그들은 그러지 않을 것이다. 차마 그러지 못할 것이다.

　지윤 언니와 함께 지내는 생활은 나쁘지 않았다. 방이라고 해도 무리가 없을 만큼 언니의 집은 작았지만 아늑했다. 방에 비해 창이 큼직해서 시간이 흐르는 것을 의식할 수 있었다. 나는 창가에 놓인 언니의 작은 싱글 침대 아래에 이불을 펴고 잠을 잤다. 늘 혼자 방을 썼던 터라 처음 며칠은 꽤나 잠을 설쳤지만 점차 서너 시간쯤은 잠에 들 수 있었다. 그러는 내내 언니는 자는 것도, 전혀 자지 못하는 것도 같은 상태로 침대에서 시간을 보냈다. 언니는 나만큼이나 말이 없었고, 우리는 각자의 상처를 만지작거리느라 곁에 있는 사람을 어찌할 여력이 없었다. 고요한 집 안에서, 언니와 나는 때로 차를 나눠 마시고 때로 간단한 식사를 했다.

바인은 수시로 연락을 해왔다. 지금 뭐 해, 언니는 잘 있지, 나는 이제 학원 끝났어, 토요일에 갈게. 그런 말에 나는 간신히 대답을 해나갔다. 대부분은 누워 있는 상태였지만 산책을 한다, 간식을 먹는다, 거짓말을 짜내면서 바인을 안심시키려 애썼다. 선의로 내뱉은, 그러나 사실이 아닌 말을 적으면서 나는 생각했다. 이건 가짜다. 그러자 가짜는 이 몇 마디 말뿐이 아니라는 데에 생각이 미쳤다. 엄마가 손으로 발로 나를 덮쳤을 때 나는 엄마를 증오하면서도 온전히 증오하지는 않았다. 그 남자는 누구였을까, 엄마를 또 찾아왔던 건 아닐까, 험한 일을 당한 걸까 걱정하는 마음이 조금 있었다. 엄마에게 떠밀려 넘어진 할머니를 보면서 나는 약하고 늙은 할머니가 안타까우면서도 미웠다. 엄마가 이렇게 될 때까지 왜 할머니는 손을 쓰지 못했는지 화가 났다. 반에서 1등, 전교에서 4등 성적이 찍힌 성적표를 받았을 때 나는 스스로를 자랑스러워하면서도 불안했다.

학교라는 울타리가 더 이상 나를 보호하지 않는 곳에서도 1등이라는 사실이 자랑이 될 수 있을지 알 수 없었다. 수학 문제가, 영어 단어가 혼자 된 나에게 어떤 도움이 될지 확신이 들지 않아 답답했다. 그리고 바인. 지금 나는 그 애의 빛을 피해 혼자만의 그늘로 숨고 싶다는 생각뿐이었다.

바인은 주중에는 집에서, 주말에는 우리가 있는 서울에서 보내는 두 집 생활을 하게 되었다. 덜덜 떠는 나를 데리고 지윤 언니의 집으로 온 그날, 바인은 말했다.

"두 사람 다 꼼짝 말고 집에 있어. 필요한 거 있으면 나한테 얘기하고. 무슨 일 있으면 꼭 연락해야 돼."

보호자가 된 것처럼 말하면서도 손을 떨고 있는 바인 때문에 가슴이 아팠다. 내가 어떻게 저 어깨에 무게를 더했는지 알 수 있었다. 이상하게 비뚤어진 체념이 마음속에 차올랐다. 네가 어떻게 우리를 지키겠어. 차마 말할 수는 없는 마음이었다.

지윤

주말이면 어김없이 바인이 왔다. 서인과 나의 식사를 챙기고, 서인과 함께 공부하다가 돌아갔다. 집에 돌아가는 일요일 오후에는 언제나 하루만 더 있겠다는 바인과 절대 그럴 수 없다는 서인의 실랑이가 이어졌다.

"우리 엄마는 신경도 안 쓴다니까. 내일 가도 돼. 지윤 언니네 있는 건데 뭐 어때. 월요일이 더 한가하고 가기도 좋단 말이야."

이번에도 서인은 그런 말에 아무런 대꾸도 없이 바인의 짐을 정리했다. 나는 슬며시 바인의 등을 떠밀면서

다음 주에 봐, 하고 인사했다. 그리고 한 시간쯤 지났을
까. 배웅을 나갔던 서인이 눈에 띄게 그늘진 표정으로
집에 들어섰다. 밖에 춥지, 차 마시자. 내가 주전자를 가
스레인지에 올리고 식탁에 잔을 두 개 놓은 뒤 차가 우
러나기를 기다리는 동안 서인은 가만히 식탁 의자에 앉
아 있었다. 무언가를 기다리는 것 같은 모습이었다. 기
다리던 무언가를 놓친 것 같은 모습이기도 했다. 서인에
게 잔을 건넨 뒤 내 앞에 있는 잔에서 올라오는 김을 바
라보고 있을 때, 서인이 낮은 목소리로 말을 하기 시작
했다.

　"마음이 펴지질 않아요. 바인은 나 때문에 겪지 않아
도 될 일을 겪고 있잖아요. 곧 고3인데, 이러는 시간에
다른 애들은 다 공부하고 있을 텐데. 저만 아니었으면
바인도 다른 애들처럼 차근차근 대학에 갈 준비를 했을
거예요. 다 나 때문이에요."

　서인은 바인과 심하게 다투었다고 했다. 서인이 바인
에게 당분간 서울에 오지 말라고 했다는 것이다. 바인
고집 장난 아닌데, 내가 말하자 서인은 잘 안다는 듯 작

게 웃었다. 게다가 목소리도 크잖아요. 바인이 그 큰 목소리로 말했다고 했다. 네가 나한테 어떻게 그런 말을 해. 역사 안에 지나가는 사람들이 다 쳐다봤어요. 이번에는 내가 작게 웃었다.

다른 사람의 아픔을 제 것으로 느끼는 사람이 있다. 아프니까 도망치는 게 아니라 아프기 때문에 그 짐을 함께 들려고 하는 사람이. 내가 만난 어느 누구보다 바인은 그런 사람이라고 나는 서인에게 말했다. 이모부가 그런 분이었다고도 말해주었다. 이모부가 자주 하던 말이 있어. 혼자서는 살 수 없다. 외동인 바인과 내가 친자매처럼 잘 지내는 걸 보면서 번번이 그런 말을 하며 좋아하셨어. 그런저런 말을 서인에게 건네다보니 바인이 그렇게 단호하게 내 곁에 서기로 한 것 역시 그 때문이었다는 걸 깨달았다. 바인이 그런 사람이라 지금 내가 너랑 이렇게 차를 마시고 있는 것 같아. 내가 말하자 서인이 잔을 꽉 쥐었다.

"후회할 일은 하지 말자. 각자 할 수 있는 걸 하자. 그럼 돼."

서인에게 들려주고 싶은 말이라고 생각했는데 말을 하는 순간 그 말이 나에게 돌아오는 것을 알 수 있었다.

서인은 아주 작은 목소리로 알겠어요, 했다.

———

학교를 자퇴하겠다는 서인의 말에 나는 놀라지 않을 수 없었다. 어느덧 나와 함께 서울에서 지낸 지 삼 주가 조금 더 지난 때였다. 어차피 집에 돌아갈 일은 없을 거고, 학교가 아니어도 공부는 계속할 수 있다고, 검정고시를 치고 곧바로 수능 준비도 할 계획이라고, 아무래도 이 방법이 제일 나은 것 같다고 서인은 단호하게 말했다. 나는 서인의 곁에 수호천사처럼 앉아 이야기를 듣던 바인을 바라보았다. 바인이 작게 고개를 끄덕였다. 그러고는 서인과 졸업식 사진을 찍고 싶다는 자신의 소박한 소망을 포기할 수밖에 없겠다고 과장을 섞어 말했다. 그 너스레에 우리 셋은 잠깐 웃고, 다시 각자의 걱정으로 돌아갔다.

한 가지 고민은요, 서인이 나를 보며 말했다. 당장 방을 구할 여력이 없다는 것이었다. 당분간 신세를 져도 괜찮은지 조심스럽게 물으며 서인은 곧바로 아르바이트를 구할 것이며 생활비는 정확하게 내겠다고 힘주어 말했다. 요리도 좀 하니까 식사는 맡겨달라면서.

그동안 지켜본 무기력한 모습은 온데간데없었다. 이미 아침 일찍 여는 빵집에 아르바이트 자리를 알아보았다고도 했다. 일이 끝나면 오후 한 시쯤 집에 올 테니까 함께 점심 먹어요, 먹고 나면 산책도 하고요. 그리고 나면 남은 시간 서인은 고등학교 졸업 검정고시 공부를 할 터였다. 얘기를 듣다보니 신세를 진다면서도 그것은 최대한 나를 혼자 두지 않겠다는, 나와 함께 시간을 보내겠다는 다짐이었다.

서인은 삶이라는 고삐를 꽉 잡기로 결심한 것이다. 서인의 낯빛에 봄의 기운이 차오르는 듯했다. 그 기운에 돌연 불안이 꿈틀댔다. 나만 여기 머물러 있는 것 같아서였다. 나를 지나쳐 앞서가는 사람의 등을 바라보는 괴로움. 등에서 익숙한 한기가 느껴졌다. 그때 서인이 말했다.

"언니는 멈춰 있는 게 아니에요. 충전을 하고 있는 거죠. 불안해하지 마세요."

어쩜 이럴까. 서인은 언제나 꼭 듣고 싶은 말을 했다. 그 단순한 위로의 말이 아무도 밟지 않은 깨끗한 눈처럼 내 마음에 쌓였다.

서울 생활을 시작할 때 엄마는 여자 혼자 사는 집은 안전이 최고라며 예산을 웃도는 보증금에도 지금의 집을 계약했다. 대로변에서 가까운 곳에 위치한 원룸 오피스텔이었다. 나는 처음 갖게 된 나만의 공간을 사랑했다. 그리고 이곳이 내 공간이 되려면 월세만큼은 내가 해결해야 한다고 생각했다. 엄마 손에서 조금이나마 놓여날 수 있는 방법이기도 했다. 예은의 소개로 과외를 구한 것이 크게 도움이 되었다. 이 집에서, 지금은 전생처럼 느껴지는 평화로운 생활을 한 적이 있었다. 그러다 그 일이 터진 후 가장 문제가 된 것이 바로 월세였다. 나는 다시 엄마에게 부탁해야 했다. 엄마는 아무것도 묻지 않고 돈을 보내주었다. 그게 어떤 갚음으로 돌아올지는 예측할 수 없었다. 그러나 거기까지 가늠하기에 나는 너무 지쳐 있었다. 그렇게 벌써 몇 번의 계절을 지났다. 그러니 서인의 동거 제안은 나에게도 고마운 일이었다. 서인이 곁에 있으니 전처럼 지독하게 악몽을 꾸는 일도 거의 없었다. 일 인분의 온기가 내 안의 얼음을 조금씩 녹이고 있는지 몰랐다.

서인은 잘 부탁해요, 말하며 힘차게 악수를 청했다. 나야말로 잘 부탁한다고 그 손을 맞잡으며 답하자 바인이 두 사람 너무 친해지면 질투 나니까 적당히 하라고 입을 삐죽댔다. 서인과 나는 그런 바인이 귀여워서 기분 좋게 웃었다. 곧이어 바인이 이제 외로워서 학교 어떻게 다녀, 하고 투덜거리는 바람에 서인이 눈에 띄게 미안해했고, 바인은 농담이야, 농담, 하며 서인의 등을 두드렸다.

두 사람을 보았다. 저런 존재가 내게도 있다면 좋았겠지. 다가오는 사람을 밀어내던 나, 멀어진 사람을 바라만 보던 나, 혼자가 더 좋다고 생각하던 나. 이렇게 되고 보니 과거의 모든 것이 실수처럼 느껴졌다. 모든 선택이 잘못된 것처럼 여겨졌다. 그래도 두 사람을 보는 것이 위안이 됐다. 이제라도 내가 저들 곁에 있다는 게 안심이었다. 혼자가 아니야. 바인과 서인은 나에게 그렇게 말하고 있는 것 같았다.

집으로 가는 바인을 배웅하고 돌아온 서인이 집 근처 카페에서 사 온 마카롱을 내밀었다. 웬 마카롱이야? 서인은 커피랑 같이 마시려고 사 왔어요, 커피에 달달구리 조합은 진리잖아요, 하며 말을 걸어왔다. 그 동작에 이끌리듯 식탁에 앉았다. 손바닥만 한 원목 접시에 소박하게 올려진 마카롱의 봄꽃 같은 색깔에 나는 잠시 아찔해졌다. 서둘러 서인이 잔에 담아준 커피를 한 모금 마셨다.

"언니는…… 개강하면 바빠지겠죠?"

어느덧 2월이 가까워지고 있었다. 그렇지, 개강이 있었지. 아득히 먼 옛날처럼 느껴지는 그때의 나와 지금의 나는 도무지 같은 사람일 수 없었다. 나는 서인에게 학교에 관해서는 아직 아무것도 생각하지 않고 있었다고 말하고 싶었다. 하지만 학교,라는 단어를 떠올리자 숨이 막혔다. 다시 사람들 틈으로 들어가야 한다는 사실이 끔찍하게만 여겨졌다. 손끝이 급작스럽게 차가워졌다. 학교에는 돌아가지 못할 것 같아. 못하겠어. 커피를 담은 잔을 꽉 쥐면서 나는 서인에게 고백했다.

말은 내뱉는 순간 단단한 진실이 된다. 돌아갈 수 없을까? 나는 할 수 없을까? 이 작은 목소리를 뒤덮는 소리가 짜증스럽게 들려왔다. *넌 절대 못 해. 알면서 억지 부리지 마.* 어찌할 수 없는 거대한 사실. 다시 짓이겨진 목련 꽃잎이 눈앞에 떠올랐다. 봄, 교정, 사람들, 쉽게 판단하는 사람들. 더 이상 이런 것들을 떠올리고 싶지 않다. 이대로 숨어서 죽은 듯 지내고 싶다. 겨울이 가는 것도, 봄이 오는 것도 모르는 채로 이대로.

"그럴 수는 없어요. 왜 언니가 그런 손해를 감수해야 해요?"

큰 목소리에 깜짝 놀라 서인을 바라보았다. 서인은 화를 내고 있었다. 내 말에 상처 입었다는 듯이. 내 어깨 너머를 노려보면서. 이미 영원히 상처 입은 채로 숨어 지낸 것처럼 낙담한 표정으로. 네가 왜. 그런 표정 하지 마. 너는 검정고시를 보고, 대학에도 갈 거야. 너의 생활은 내 것과는 다를 거야. 대체 네가 왜.

"엄마를 보면서 깨달은 게 있어요. 상처를 돌보지 않고 살면 아주 나쁜 흉터가 된다는 거예요. 그 흉터가 자기만 괴롭히는 게 아니고요. 곁에 있는 사람들을 지독하게 못살게 굴어요. 저는 엄마처럼 되고 싶지 않아요."

서인은 종이에 꾹꾹 눌러 적듯 말을 이어나갔다. 이 상처를 어떤 것으로 만들지 우리는 선택할 수 있다고. 상처가 걸림돌처럼 느껴지겠지만 결국 디딤돌이 되길 바란다고. 상처 입은 채로도 잘 살고 싶다고. 힘껏 주변을 돌보고, 아플 땐 함께 울고, 이런 상처가 나쁜 흉으로 퍼지지 않게 하고 싶다고.

단단하게만 보이던 서인이 사실은 뿌리가 잘린 느낌이라고 속삭이듯 말했다. 온전히 혼자인 것 같아 무섭다고 털어놓았다. 그렇지만 새 뿌리를 이제부터 자기의 힘으로 내리겠다고 다짐하듯 말했다. 매일 밥을 먹고, 산책을 하고, 잠을 충분히 자면서. 지켜야 할 건 일상이라고, 함께해나가자고 내 눈을 보며 청했다.

겨우살이의 꽃말은 강한 인내심. 겨울에도 살아간다고 해서 겨우살이라는 설이 있는 이 식물은 참나무, 팽

나무, 자작나무 등에 기생해 산다. 스스로 광합성을 하기도 하지만 그것으로는 부족하기 때문에 기생하는 숙주식물에서 물과 양분을 얻는 것이다. 그러는 과정에서 이 둘은 거의 하나의 몸이 되기도 한다. 서인의 이야기를 들으며 언젠가 교양 수업에서 들었던 내용을 떠올렸다. 기꺼이 자신의 에너지를 내어주겠다는 서인. 어둠 속에서도 꿋꿋하게 뿌리를 내리고 성장하는 힘센 서인. 넘어진 채로 멈춘 나를 뒤에 두고 가지 않겠다고 말하는 서인.

"나도 언니한테 기대려고 이러는 거니까 손 놓지 말고요."

나는 다디단 마카롱과 쓰디쓴 커피를 한 입씩 번갈아 먹었다. 달콤한 맛 뒤에 쓴맛. 쓴맛 뒤에 달콤한 맛. 쓰고 달콤한, 달콤 쌉싸래한 맛. 느리게 느리게 마카롱을 먹으며 문득 깨달았다. 쓴맛 사이에 풍기는 고소한 맛이 있다는 것. 달콤한 맛 틈에 느껴지는 짠맛이 있다는 것. 이 밤이 지나면 아침이 올 것이었다. 나는 그것을 믿나? 믿는 것 같다. 믿을 수 있을 것 같아. 얼마 가지 못하

고 사라질 믿음일지라도 지금은 품에 안아보았다. 이것
이 내 안에도 있다고, 쉽게 잃어버리지 않을 거라고 나
는 감히 다짐했다.

서인

이런 상황을 만든 것은 바인이 아닌데도 바인에게 짜증을 내고 말았다. 짜증을 냈다는 사실에 또 짜증이 나서 미안, 조금 이따가 다시 얘기하자, 하고 바인의 전화를 끊어버렸다. 보호자의 동의가 있어야 자퇴를 할 수 있다는 학교 측 이야기를 바인을 통해 들은 뒤였다. 다른 방법이 없다니. 이해할 수 없는 노릇이었다. 자퇴의 이유가 보호자인 학생은 어떻게 하란 말인가. 더 이상 어린애가 아니니 책임감 있게 행동하라는 말을 하곤 하던 학교는 이런 순간에는 학생을 어린애 취급했다. 열일곱 살에 주민등록증이 발급되는 나라에서, 만 열여덟부터 운전면허를 취득할 수 있는 사회에서, 학교에서의 학업을 중단하는 선택을 하려면 보호자의 동의를 받아야 한다는 게 좀처럼 납득되지 않았다. 바인은 말했다.

"일단 너랑 선생님이 한번 만나면 좋을 것 같아. 생각해봐."

새 학기가 되었고, 바인은 나 없이 학교생활을 이어나갔다. 때로 투덜거리고, 때로 의기소침해했지만 꽤 씩씩하게 해나가는 것 같았다. 학교로 돌아가지 않은 나에게 그 모습은 안심되면서도 약간의 거리감을 느끼게 했다. 조금 떨어져서, 그래도 나란히 걷고 있는 거야. 나를 스스로 다독이며 그럴수록 나에게 집중해야 한다고 다짐했다. 자퇴 절차를 서둘러 알아본 이유다. 그런데 보호자라니. 선생이, 학교가, 보호자가, 세상이 지긋지긋했다. 나는 식탁에 앉아 싸우듯이 공부를 이어나갔다. 일단 할 수 있는 것을 하는 수밖에 없었다.

그러는 동안 할머니에게 여러 차례 전화가 왔다.

학교에는 가야 하지 않겠느냐고, 일단은 아파서 얼마간 결석을 해야겠다고 학교에 전했다는 이야기였다. 할머니는 엄마 얘기는 전혀 하지 않았다. 가끔 걸려오는 엄마의 전화를 끝까지 받지 않았다는 것을 알고 있을 터였다. 할머니가 고생이 많아, 나랑 엄마 사이에서. 차마 하지 못한 말들을 삼키고 할머니와의 전화를 끊으면 나는 더욱 공부에 집중했다. 그러면 빈틈으로 빠져나간 것들이 차오르는 기분이 들었다.

———

좀처럼 풀리지 않던 수학 문제의 정답이 번쩍 떠올랐다. 부지런히 손을 놀려 계산을 하고 정답을 확인하자 정수리로 열기가 쑥 빠져나갔다. 웅크렸던 허리를 쭉 펴고 시계를 보았다. 어느덧 새벽 한 시를 지나고 있었다. 숨을 내쉬며 속으로 오늘은 여기까지, 하는데 잔뜩 구겨져 있던 마음의 주름이 미세하게 펴지는 게 느껴졌다.

낮에는 식탁이 되었다가 밤에는 책상이 되는 이 자리를 작고 동그란 식탁 조명이 지켜주고 있었다. 그 조명 아래서 수학을 푸는 시간만큼은 내 어깨를 누르는 것들을 잊어버릴 수 있다. 오늘의 귀한 시간이 끝났다. 나는 고개를 돌려 겨우 몇 걸음 떨어진 자리에 놓인 침대에서 자고 있는 지윤 언니를 보았다. 언니는 좋지 않은 꿈을 꾸는지 조금 앓는 소리를 내고 있었다. 언니가 깨지 않도록 문제집과 노트를 조심히 덮고 의자에서 일어났다. 까치발로 티브이 앞에 가 개어둔 이불을 조심히 펴고 잠자리를 만들 때까지 언니는 깨지 않았다. 늦도록 성실하게 불을 비추던 조명을 마저 끄고 내가 자리에 누웠을 때에야 언니가 조금 몸을 뒤척였다.

불을 껐지만 방은 어둡지 않았다. 창을 통해 가로등 불빛이 새어 들어오고 있었다. 눈을 감아도 빛이 여전해서 때때로 새벽이 오고, 가로등이 꺼질 때까지 잠들지 못했다. 그런 밤은 묵직하게 흘렀다. 아무리 잠이 안 와도 시간을 확인하거나 휴대폰을 보지 말고 잠을 청하라는 조언을 어디선가 들었기 때문에 나는 하염없이 이 시간이 지나기를 기다리며 누워 있을 뿐이었다. 애쓰고 있다. 애를 쓰며 지내고 있다. 그런 생각을 하면서.

오늘도 쉽게 잠들지 못할 터였다. 아르바이트를 마치고 집에 오는 길에 걸려온 전화를 받는 순간 그럴 것을 예감했다. 전화기에서는 낯선 목소리의 여자가 자신을 나의 담임선생님이라고 소개하고 있었다. 그는 서울에 나를 만나러 오고 싶다고 말했다. 이 번호로 언제든 연락 줘요. 시간은 내가 맞출게요. 그런 말을 듣는 내내 나는 입술이 붙어버린 것처럼 아무 말도 하지 못했다. 이 공손한 사람이 바인이 말한 사람이구나, 알았지만 나는 끝내 아무 말도 하지 않고 전화를 끊었다.

원하는 것은 자퇴뿐이다. 그것을 위해 동의를 얻어야 한다는 나의 보호자, 그러니까 엄마는 절대로 내가 고등학교를 자퇴하는 것에 동의하지 않을 것이었다. 전화를 걸어온 이 사람을 통해 내가 원하는 것을 이룰 방법은 없었다. 만날 필요가 없는 것이다.

그런데도 나는 그 사람의 연락처를 저장했다. 이름

을 묻지 않은 것을 깨닫고 뒤늦게 후회하면서 '담임'이라고 적을 때 등 뒤에서 부드러운 바람이 불었다. 어제보다 따뜻해졌나, 나는 바람의 얼굴을 확인이라도 하려는 듯 뒤를 돌아보았다. 그러고는 다시 집을 향해 걸어갔다.

집에 도착하니 늦잠을 자고 막 일어난 지윤 언니가 씻고 있었다. 그동안 나는 간단한 식사를 차렸다. 냉동실에 얼려둔 밥을 꺼내 전자레인지에 돌리고, 어제 먹다 남은 된장찌개를 가스레인지에 끓였다. 세 칸 나눔 접시에 건새우마늘종볶음과 매실장아찌, 배추김치를 담고—모두 바인의 엄마가 보내준 것들이다—언니를 기다렸다. 달걀이라도 부칠 걸 그랬나 싶지만 귀찮은 마음이 들어 젖은 머리를 수건으로 둘둘 말고 욕실에서 나오는 언니에게 김 꺼낼까요, 언니? 묻자 언니는 아니야, 이것도 많아, 했다. 우리는 말없이 밥을 먹었다. 언니는 밥을 절반은 남겼고, 나는 내 몫을 끝까지 먹었다. 밥을 차린 사람은 설거지 면제, 이것이 지윤 언니의 주장이라 언니가 설거지를 하는 동안 나는 좁은 집 구석구석 청소기를 돌렸다. 문득 우리 생활이 잘 굴러가는 자전거 같다고 생각했다. 조금 흥얼거리기까지 했다. 날이 따뜻해졌어요, 오늘은 조금 더 나가봐요, 하고 언니와 길게 산책했다. 지윤 언니의 볼에 장밋빛이 돌아서 좋았다.

오후 산책을 마치고 돌아온 저녁 시간 역시 차분하게 흘렀다. 그래놀라에 요구르트를 뿌려 먹는 것으로 식사를 해결했고, 잠깐 티브이를 켰지만 보고 싶지 않은 것들만 나와서 금세 껐다. 내가 식탁에 문제집을 펴고 자리를 잡자 언니는 잠시 휴대폰을 만지작거리더니 침대에 가서 누웠다. 누워서도 한참 동안 휴대폰을 손에서 놓지 않았다. 틀린 문제들을 다시 점검하고, 오늘치 암기 영단어를 외우고, 뻐근한 허리를 쭉 펴면서 보니 언니는 어느새 잠들어 있었다. 규칙적인 언니의 숨소리를 들으며 문제를 풀고 있자니 이대로도 괜찮겠다는 생각이 들었다. 무사한 하루였다.

그러나 그러는 동안 틈틈이 전화기 너머의 목소리가 들려왔다.

"언제든 연락 줘요."

나는 그게 언제가 될지 확신하지 못한 채 다시 수학 문제 속으로 도망쳤다.

예은의 목소리는 젖은 휴지처럼 축축하고 무거웠다. 기억 속 예은은 심지가 박힌 단단하고 분명한 목소리로 말하던 사람이었다. 나는 이 변화를 감지하는 게 싫다고 생각했다. 역시 괜히 받았다. 전화기 너머에서 예은은 내가 휴학했다는 소식을 듣자마자 연락한 거라고 했다. 몇 번 수신 거부를 했지만 자꾸 걸려오는 바람에 결국 받고 만 통화였다.

후회는 계속됐다. 예은의 목소리를 듣자마자 학교, 동기들, 남자애들, 그리고 사진으로 순식간에 생각이 달려

갔기 때문이다. 벌써 일 년이 지났는데 그 일이 마치 어제 일어난 것 같았다. 예은은 예은일 뿐이야. 이 애는 다른 누구도 아니다. 나는 의식적으로 생각을 하면서 예은이 말하도록 내버려두었다. 만나자, 할 얘기가 있어. 나는 예은에게 할 얘기가 하나도 없었다. 하지만 예은은 잠깐이면 된다고 거의 사정하듯 청했다. 집 앞으로 갈게. 잠깐이면 돼.

결국 예은을 만나러 집을 나서면서 나는 생각했다. 끝까지 거절하지 않는 마음은 뭘까, 나에게 물으면서 그러나 대답은 하지 않았다. 만나서 뭐 하려고, 다시 묻고 역시 대답하지 않은 채 예은과 마주했다.

예은은 인사도 없이 작은 안내물을 건넸다. 학교 내에 있는 심리상담센터에서 발행한 상담 안내서였다. 고민을, 온전한 나, 힐링, 함께, 당신의 마음, 이겨내요, 지원, 혼자가 아니, 행복, 모두의, 도움 같은 말들이 어지럽게 공기 중으로 흩어졌다. 할 얘기가 이거야? 내가 묻자 예은은 꼭 그런 건 아니고…… 하며 말꼬리를 흐렸다. 뭘 알고 싶은 건데?

예은을 향한 이 반발심은 또 뭔가. 그러다 예은의 깨끗한 손톱, 부드러운 머릿결, 거기서 풍기는 향긋한 샴푸 냄새, 얼룩 하나 없는 말끔한 흰색 운동화, 책과 노트북이 들어 있을 묵직한 가방 같은 것이 전부 상처가 된다는 걸 깨달았다. 나는 예은을 질투하고 있었다. 질투하다 미워하고 있었다. 내가 잃어버린 것들, 영영 되찾지 못할지도 모르는 것들이 예은에게는 있으니까. 숨소리가 들릴 정도로 가까이 서 있지만 예은과 나의 거리는 멀고도 멀었다.

예은은 한참을 망설이다 휴대폰을 몇 번 터치하더니 화면을 내 쪽으로 바르게 돌려서 건넸다. 거기에는 학교 익명 게시판에 올라온 글 하나가 열려 있었다.

'고발합니다'라는 제목의 글이었다.

작년 봄, 제 친구는 불법촬영의 피해자라는 사실을 알게 되었습니다. 자신의 사적인 사진이 모 사이트에 돌고 있다는 사실을 우연히 발견했습니다.

친구는 어디에도 그 사실을 알리지 못한 채 혼자 상처

를 감내했습니다. 혼자 감당할 수 있는 상처가 아니었음에도 불구하고 그랬습니다. 그러나 친구는 학교생활을 제대로 할 수 없었고, 몸과 마음은 극도로 피폐해졌습니다. 친구는 지금도 외부와의 연락을 단절한 채 혼자 고통을 견디고 있습니다.

하지만 학우 여러분, 왜 피해자가 이렇게 지내야 합니까? 언제까지 이런 식으로, 피해자가 세상을 두려워만 하면서 살아야 합니까?

숨어야 할 사람은 피해자가 아닙니다.

지금도 가해자는 어딘가에서 또다시 피해자를 만들고 있을지 모릅니다.

그리고, 우리도 언제든 피해자가 될 수 있습니다.

부디 피해자가 일상으로 돌아갈 수 있도록 힘을 보태주세요.

저희는 지난 일 년 동안 가해자를 추적해왔습니다. 그리고 유력한 용의자의 사진을 확보했습니다. 아래와 같은 인상착의의 사람을 아시는 분은 댓글을 남겨주세요. 자세한 신상 정보가 아니어도 좋습니다. 여러분의 사소한 제보가 큰 도움이 될 수 있습니다.

부탁드립니다. 피해자와 연대해주세요.

여러분은 같은 학교의 학생으로서, 또한 동료 시민으로서 피해자가 상처를 회복하는 데 도움을 줄 수 있습니다. 그 사실을 기억해주세요.

저희는 가해자를 색출할 때까지, 그가 저지른 죄에 합당한 처벌을 받을 때까지 끝까지 싸우겠습니다.

저희 곁에 함께해주시기 바랍니다.

스크롤을 더 내리자 수많은 댓글이 보였다. 게시자를 공격하는 내용도 눈에 띄었지만 댓글은 대부분 응원합니다, 저 새끼 우리 학교 학생이면 반드시 퇴학시켜라, 처벌이 약하니까 문제다, 피해자를 일상으로, 반드시 잡아내자, 같은 내용이었다. 댓글을 샅샅이 읽고 있는 내게 예은이 말했다. 지금 학교가 완전히 뒤집혔어, 공중파 뉴스에도 나갔는데 못 봤지? 지금 SNS에도 용의자 사진이 엄청 퍼지고 있거든, 곧 잡힐 것 같아, 제보도 엄청 들어왔어.

나는 놀리던 손을 멈추고 고개를 들어 예은을 바라보았다. 제보가 들어와? 나는 단번에 그 말을 이해하지 못했다. 잠시 생각이 멈췄다. 다음 순간 글을 쓴 게 예은이라는 사실을 깨달았다. 손이 축축해질 정도로 땀이 났다. 어떻게……. 더 말을 잇지 못하고 '어떻게'만 반복하는 내게 예은이 말했다. 오해하지 마, 이거 네 얘기 아니야. 네 얘기이기도 한데, 근데 네 얘기는 아니야. 예은은 나만큼이나 횡설수설하며 이야기를 이었다. 다른 학교에 다니는 친한 고등학교 때 친구가 어느 날 연락을 해왔다고, 그 친구는 물론이고 주변에 비슷한 피해를 당한 애들이 몇 명 있다고, 도와달라는 말에 일단 우리 학교에도 그런 일이 있는지 조사를 했다고, 학생회를 통해 무기명 설문을 했는데 생각보다 훨씬 피해자가 많았다고, 경찰서에 신고했지만 별 소득이 없었다고.

그러더니 말했다. 뉴스가 나가니까 증거 없이는 수사가 어렵다던 경찰도 움직이기 시작했어. 여기까지 예은이 말했을 때 나는 화를 내듯 말했다. 나 먼저 갈게. 나는 예은의 눈을 차마 바라보지 못하고 돌아섰다. 예은이 그대로 서 있을 자리를 돌아보지 않으려고 애쓰면서. 또다시 커다란 무대 한가운데에 서서 수많은 사람의 시선을 받고 있는 기분이 들었다. 몸이 얼어붙는 것 같았다. 나는 고장 난 로봇처럼 어설프게 걸음을 옮겼다.

서
인

    아침 시간의 빵집은 분주하고 포근했다. 이른 새벽
부터 출근한 사장님이 밤새 숙성시켜둔 빵 반죽을 냉
장고에서 꺼내 모양을 만들고 오븐에 넣는 일을 마칠
때쯤이면 내가 도착했다. 익어가는 빵의 고소하고 달
콤한 냄새는 언제나 만족감을 주었다. 그 만족감 속에
서, 나는 조심히 바닥을 쓸고 진열장의 손자국들을 닦
았다. 갓 나온 따끈한 빵이 한 김 식기를 기다렸다가 하
나씩 포장했다. 반복되는 작업은 때로 명상과 같다. 나
는 그 시간을 전날부터 기다리기도 했다. 나보다 키가

작아도 힘이 배는 센 사장님은 밀가루나 설탕 포대를 옮기는 일을 나에게 맡기지 않았다. 사장님은 아르바이트는 아르바이트답게 아르바이트가 할 일만 하면 된다고 강조했다. 이런 것까지 할 필요 없다, 짐 나르는데 힘 빼면 어떡하냐, 그런 말을 건네는 사장님의 눈빛에는 적당히 건조하면서도 부드러운 우정이 담겨 있었다. 꼭 자신이 만들어내는 빵처럼.

한바탕 분주했던 오전 시간이 끝나가고 있었다. 오늘 점심은 뭐 먹을까, 사장님이 말했을 때 손님 한 명이 들어왔다.

"어서 오세……요."

나는 거대한 토네이도가 일으키는 먼지 같은 흙빛의 구름을 몰고 온 사람에게 최대한 티 내지 않고 인사를 했다. 동시에 즉시 사장님 쪽으로 가서 혹시 모르니까 뒷문 좀 열어두시라고 속삭였다. 처음에는 응? 하며 눈을 동그랗게 뜨고 나를 쳐다보았지만 눈치 빠른 사장님은 태연하게 흥얼거리면서 주방 뒤쪽으로 난 문을 향해 돌아섰다. 나는 어쩐지 싸우는 심정으로 계산대 앞에 서서 매장 안을 불안하게 이리저리 훑고 있는 남자를 응시했다. 남자는 왼손으로 머리를 흐트러뜨리며 낮게 에이, 씨발, 했다. 그러고는 내가 있는 계산대 쪽으로 다가왔다. 빵은 고르지 않은 채였다. 남자에게 뭐 필요한 것 있으세요, 묻자 그는 알아들을 수 없는 조그만 목소리로 중얼거렸다. 다시 한번 말씀해주시겠어요, 손님? 남자는 이번에도 작게 중얼거렸다.

"……지 마."

나는 되묻지 않고 남자를 바라보았다. 반복해서 고개를 좌우로 까딱이던 남자는 내가 아무런 말을 하지 않자 고개를 들어 나를 보았다. 눈이 마주친 순간, 남자는 손을 주머니에 넣어 뭔가를 꺼냈다. 재빨리 한발 물러났을 때 눈앞에 번쩍, 하고 날카로운 것이 지나갔다. 남자의 오른손에 작은 칼이 들려 있었다. 사장님이 비명을 지르며 계산대로 다가왔고, 당황한 남자는 빠르게 뒤돌아 도망쳤다.

경찰은 신고한 지 십 분이 지나서야 도착했다. 그들이 몇 가지 질문을 하고, 매장 CCTV 영상을 확보해 돌아가자 얼어붙은 몸이 와르르 풀어졌다. 사장님은 양 손으로 내 두 어깨를 붙잡고 나를 이리저리 살피며 말했다.

"정말 괜찮은 거지? 진짜 죽는 줄 알았어."

"저도 제 반사신경에 감탄했어요."

"그런 말이 나오니? 어이구. 아니, 근데 어떻게 알았어?"

"겁이 많아서 그래요. 촉이 좋은 편이에요."

"혹시 이런 일 또 생기면 절대로 나서지 마. 나 평생 후회할 일 만들기 싫단 말이야. 사장이 왜 사장이니. 이런 일은 내가 책임져야지. 또 그런 사람 보이면 그땐 바로 나한테 얘기해. 알았어?"

"그럴게요. 근데 이런 일이 또 있으면 안 되지 않아요?"

"몰라. 어휴, 심장이야. 오늘 장사 다 했다. 옷 갈아입고 나와. 밥이나 먹으러 가자."

단순하게 건강하고 씩씩했던 사장님은 연신 얼마나 놀랐는지 모른다며 어깨를 움츠렸다. 내게 거듭 미안하다고 하는 바람에 나는 사장님을 달래는 데 더 신경을 썼지만 그것이 마음을 진정시키는 데 도움이 되는 것 같기도 했다. 사장님은 이럴 때일수록 정신이 쏙 빠지게 맛있는 걸 먹어야 한다며 굳이 택시를 잡아타고 연남동으로 갔다. 음식도 맛있는데 브레이크 타임이 없어서 더 좋아한다는 중식당에 가자는 것이었다. 사장님도 자영업자면서 그러세요?라는 말에는 그저 씩 웃어 보였다. 매장에 도착하자마자 사장님은 종일 밀가루 만지면서 밀가루 음식만 찾는 건 내 팔자다, 하면서 울면 하나를 자기 앞으로 시키고는 유린기, 어향가지에 크림새우까지 시켰다. 둘이서 이걸 어떻게 다 먹어요, 요리는 하나만 시켜요, 하는 내 말에 나 스트레스 받아서 오늘은 완전 허리띠 풀 거야, 내가 다 먹을 테니까 걱정 마,라며 사장님은 곧 차가운 맥주까지 한 병 주문했다.

"이러니까 여자 혼자 장사하기 힘들단 얘기가 나오지. 안 그래?"

"여자 혼자서는 뭘 해도 힘든 것 같아요."

사장님은 맥주를 마시다 말고 나를 빤히 바라보았다. 하고 싶은 말이 여러 가지 떠올랐지만 참는 듯 입을 몇 번 달싹였다. 그러고는 한숨을 쉬더니 무서운 세상이긴 하지, 하고 나지막이 읊조렸다. 나는 가만히 고개를 끄덕였다. 한 입 베어 먹어 잇자국 난 단무지를 공연히 젓가락으로 건드리면서 사장님의 다음 말을 기다렸다.

사장님은 고백하듯 지금은 연락이 되지 않는 친구가 있다고 했다. 대학에서 만나 어렵게 취업을 하고, 퇴사하기를 몇 번 반복하는 동안에도 변함없이 가장 가까운 사이였다는 그 친구에게 벌어진 일을 들려주었다. 익숙한 곳도 안전할 수는 없다. 누가 매번 각오를 하면서 다니겠니. 사장님의 친구는 늘 다니던 골목에서 괴한에게 변을 당했다고 했다. 그 후 사장님은 계속 친구의 곁을 지켰지만 그건 별로 도움이 안 되는 듯했다. 성폭력 피해자들을 지원하는 단체를 알아본 것은 그 때문이었다. 하지만 친구는 가족에게도 알리고 싶지 않다면서 모든 손길을 죄다 밀쳐냈다.

"살아 있다면 좋겠어."

끝까지 손을 내밀었어야 했다고, 사장님은 자책하고 있었다. 나보다 스무 살이나 많은 사람들이 겪은 일들이 지금도 계속되고 있다고 생각하니 머리가 아팠다. 문을 열면 다시 출발했던 곳에 되돌아오는 식으로 반복되는 것이다. 그 길목마다 어딘가를 다친 사람들이 누워 있었다. 그 얼굴들이 놀랍도록 닮아 있었다. 제 곁에도 그런 사람이 있어요, 고백을 하자마자 사장님은 맥주를 들이켠 뒤 말했다.

"가능한 한 그 사람 곁에 있어줘. 오래 끈질기게 돌봐줘."

———

사장님이 빵집 이름으로 몇 군데 여성단체를 후원하고 있다는 것을 알게 되었다. 그곳이 어떤 일들을 하는 곳인지 식당에서 헤어져 집에 오는 길에 검색해보았다. 여성노동, 성평등복지, 그리고 반성폭력과 상담 같은 내용이 눈에 띄었다. 지윤 언니의 일이며, 내가 서울에서 지내게 된 이유까지 사장님에게 다 털어놓았을 때 사장님이 말했다. 아픈 사람들이 다른 아픈 사람들을 돕는다고. 나는 단체의 연락처를 저장하면서 아픈 채로 돕는 일에 대해 생각했다. 아파도 돕는 일을 생각했다. 아프다와 돕다가 다른 의미가 아닌 것 같았다. 나란히 놓을 수도 있는 말이라서 좋았다.

지
윤

잠에서 깨보니 서인은 아르바이트하러 가고 없었다.
일어나는 시간을 당겨보려 애쓰는 중이지만 잘되지 않
는다. 해가 드는 모양을 보니 오늘은 종일 뜨거울 것 같
았다. 간밤에 오지 않는 잠을 청하며 세운 계획을 떠올려
보았다. 도서관에 갔다가 김밥을 사서 돌아오기. 간밤과
달리 도서관도, 김밥도 당기지 않았다. 그래도 외출을
준비했다. 외출은 요즘 연습 중인 활동이었다. 나가려면
씻어야 하고, 씻으려면 침대 밖으로 나와야 하니까.

연습하는 동안 몇 번 가본 공원은 걷기 좋았다. 느릿

한 걸음으로도 집에서 십오 분이면 닿는 공원이었다. 입구에 큰 은행나무가 있어서 혼자 친구 삼았다. 모르는 식물의 이름을 알게 되는 것도 소소한 재미였다. 복자기나무는 이름이 참 예뻤다. 지금은 맥문동 꽃이 피기 시작하고 있다. 조금 지나면 가득하게 핀 보랏빛에 눈이 황홀할 것이다. 그런데 벤치에 앉아 시간을 보내는 늙은 남자 몇이 신경 쓰였다. 그들은 꼭 지나가는 사람을 머리끝에서 발끝까지 훑어보았다. 그래서 도서관에 가려 한 것이다. 거기서는 사람들이 다른 사람을 뚫어지게 보지 않았다.

뜨거운 여름 볕을 맞으며 삼십 분을 걸었다. 목덜미와 겨드랑이에 땀이 뱄다. 손수건을 챙겨 와 다행이었다. 도서관에 들어서자 바깥과 달리 시원해서 땀이 금방 말랐다. 공부에 열중하는 사람들이 있고, 딱 봐도 시간을 죽이려 앉아 있는 사람도 있었다. 장갑을 낀 채 일하는 사서와 책을 들춰보고 있는 사람을 지나쳐 아무도 없는 책장 사이로 들어섰다. 동물권과 가부장제, 돌봄과 연대, 그리고 온갖 여성들의 목소리가 담긴 책들 사이에서 얇은 책 한 권을 꺼내 들었다. 다 못 읽을지도 모르겠다. 그래도 뭐 어때, 생각하며 책을 뒤적였다.

도서관에서 살던 시절이 있었다. 다니던 고등학교 가까이에 도서관이 있어 하교 후에 자주 갔다. 열람실은 공부하는 사람들로 가득 차 있었지만 종합자료실에는 어쩐지 사람이 적었고 문학과 사회과학 분야를 지나 역사 분야 근처로 가면 특히 사람이 오가지 않는 구석 자리가 있었다. 거기 앉아 커다란 창 너머에 우거진 풀숲을 멍하니 보고 있으면 시간이 잘 갔다. 그 순간에는 엄마 얼굴도, 성적표도 잊을 수 있었다. 그러다 손에 잡히는 책을 펼쳐서 이리저리 넘겨보고 마음에 드는 책을 고르기도 했다. 대출 가능 권수를 초과해버려서 내려놓아야 했던 책은 다음에 꼭 빌리자고 마음먹었지만 언제나 잊어버렸다. 빌린 책을 읽다보면 이어서 읽고 싶은 책이 몇 권쯤 생겼기 때문이다. 쉬는 시간에도 공부하는 애들 틈에서 수험공부에 아무 도움이 되지 않는 책 따위를 읽었다. 그것이 내 숨구멍이었다.

어느 틈엔가는 사서와 눈인사를 나누게도 되었다. 꼼

꼼하게 책 정리를 하는 사람이었다. 한번은 그가 내게 말을 건네기도 했다. 재미있는 책을 고르셨네요. 그 책이 무슨 책이었는지는 기억나지 않는다. 나는 몇 달 뒤 대학에 붙었고, 집을 나왔다. 그 사람이 어느 날에는 갑자기 발길을 끊은 나를 궁금해할까. 아니, 나 같은 건 궁금해하지 않는 편이 나을 것이다.

책을 덮는다.

다 읽지 못할 게 분명한 책을 대출해서 나오는데 도서관 입구 게시판에 걸린 '프로그램 안내'가 눈에 들어왔다. 어린이를 대상으로 한 마술 배우기, 뉴스 만들기 같은 프로그램이 모집 중이었다. 대부분 방학을 앞둔 어린이나 청소년을 대상으로 한 프로그램들이었다. 나는 이유도 없이 안내문을 꼼꼼하게 읽어내려갔다. 안내문의 맨 아랫줄에 눈이 갔다. 적당히 건조하면서도 환대의 기운이 느껴지는 안내문의 문장들이 마음에 들었다. 모든 도서관 이용자를 대상으로 한 그림책 읽기 오후반에 충동적으로 이름과 메일 주소를 적어넣은 것은 그 때문일지 몰랐다.

도서관 프로그램을 신청한 그 순간부터 강의 날 아침까지 갈지 말지 고민했지만 결국은 시간에 맞춰 강의실에 도착했다. 나는 뒷자리 끝에 자리를 잡았다. 창가 자리에 머리가 노란 중학생으로 보이는 사람이 고개를 숙이고 앉아 있었다. 강단과 가장 가까운 자리에는 머리가 하얀 할머니가 집중해서 노트에 뭔가를 적고 있었다. 듬성듬성 자리가 비었지만 꽤나 사람이 많았다. 오랜만에 이런 공간 안에 있다. 나는 눈을 감고, 주먹을 꽉 쥐었다.

약속된 시간이 되자 동그란 안경을 쓴 여성이 들어왔다. 자신을 어린이책 편집자라고 밝혔다. 오해하기 쉽지만 그림책은 어린이만 읽는 게 아니라고 말했다. 그러면서 함께 읽을 책의 목록을 나눠주었다. 앞으로 오 주간 여기 소개한 책을 읽을 거고요, 다음 시간부터는 글을 한 편 써오셔야 합니다. 숙제가 있다는 말에 사람들이 웅성거렸다. 강의자는 예상했다는 듯 미소를 짓고 다시 말했다. 그림책을 읽고 나면 무엇이 됐든 쓰고 싶어질 거예요.

강의자는 첫 시간부터 열심이었다. 가져온 그림책을 표지부터 꼼꼼하게 설명했다. 그가 제목과 함께 소금 통과 물풍선 따위를 저글링하는 소녀가 그려진 표지를 손가락으로 가리키며 말했다. 그림책은 표지부터 이야기의 시작이라고 할 수 있는데요, 책을 다 읽고 나면 표지의 의미를 다시 생각하게 될 거예요. 이어 여자는 책의 내용을 소개했다. 주인공 소녀 베아트리체는 동네 사람들에게 '절대로 실수하지 않는 아이'라고 불린다. 자신만의 루틴을 철저하게 지키는 소녀, 실수가 싫어서 친구들과 스케이트조차 타지 않는 소녀의 하루가 진행된다. 그리고 소녀가 처음으로 실수를 하게 된 순간, 소녀는 피식피식 웃다가 결국 큰 소리를 내며 박장대소한다. 소녀는 그날 밤 그 어느 때보다 깊고 편안하게 잔다.

"사람이기 때문에 실수하고, 실수하기 때문에 우리는 배울 수 있어요."

책 소개를 마친 강의자는 참석자에게 각자의 실수담을 하나씩 말해보자고 했다. 쭈뼛거리는 사람들 가운데

한 아저씨가 팔짱을 풀지 않은 채 선생님 먼저 말해보시죠, 하고 거들먹거렸다. 강의자는 미소를 유지한 채 자신은 어제도 냄비를 태워먹었다고 말했다. 그 말에 사람들이 함께 웃었다. 그러고는 편안하게 각자가 저지른 실수들을 얘기하기 시작했다. 휴대폰을 공중화장실에 두고 온 일, 강아지와 산책하다 줄을 놓친 아찔한 일, 늦잠을 자서 지각한 일과 엄마의 생일을 까먹어서 일주일 동안 눈치를 본 일 등이 흘러나왔다. 나는 함께 웃으며 실수를 늘어놓는 사람들 사이에 있어 좋다고 생각했다. 실수를 실수라고 여겨버릴 수 있어서 좋겠다고 생각했다. 그 틈으로 날카롭게 한기가 가슴 한쪽을 찔렀다.

나는 조용히 허리를 숙이고 강의실을 빠져나왔다. 그리고 이 수업에 다시 오지 못할 것을 직감했다. 나의 과거를 떠올리면 생각나는 것을 적어 오라는 숙제 같은 건 할 수 없을 테니까. 나에게도 베아트리체처럼 웃어버릴 수 있는 실수만 했던 나날이 있었을 것이다. 하지만 도저히 기억할 수 없었다. 건물을 나서자 뜨겁고 습한 공기가 나를 감쌌다. 나는 한참 동안 그 안에 서 있었다.

누르면 손가락을 가득 감쌀 것만 같이 충분히 부푼 빵들이 나왔다. 사장님은 진짜 달인이라니까요, 나는 빵을 하나하나 살피며 감탄했다. 넌 어떻게 매번 그 소리를 하니, 사장님은 부끄러움과 뿌듯함을 숨기려고 과장되게 말했다. 절로 미소가 지어지는 갈색빛의 빵을 보자 출근길에 들었던 노래가 떠올라 흥얼거렸다. 그 순간 휴대폰에 메시지 알림이 떴다. 메일 보냈어, 확인해봐.

바인이 보낸 이메일에는 엑셀 파일이 하나 첨부되

어 있었다. 메일 제목도, 파일 제목도 '제목 없음'이었다. 내용은 간단했다. 매체명, 이름, 이메일 주소, 해당 기사 네 개의 항목으로 구분된 자료였다. 기사는 하나같이 '성폭력' '불법촬영'이라는 키워드가 포함되어 있었다.

지난밤 통화에서 내가 빵집 사장님을 통해 알게 된 단체에 대해 얘기했을 때 바인은 음, 하더니 실은 자신도 모으던 자료가 있다고 속삭였다. 꽤 됐어, 정리만 좀 더 해서 보낼게. 그게 무슨 자료인지 말하지 않기에 나도 묻지 않았다. 그저 메일을 받았을 때, 바인이 왜 말이 없었는지를 곧바로 알 수 있었다. 바인은 틈틈이 지윤 언니의 경우와 닮아 있는 사건들을 조사하고, 그 기사를 쓴 기자 정보를 수집했던 것이다. 나는 바인에게 '잘 받았어, 이제 내가 더 해볼게, 일단 너는'까지 적다가 지우고 그냥 '고마워'라고 메시지를 보냈다. 당장 코앞에 기말고사를 앞둔 바인은 '시험만 끝나봐라!' 하며 주먹을 불끈 쥔 복숭아 캐릭터의 이모티콘을 보내왔다.

자료를 제대로 들여다본 건 저녁을 먹고 산책까지

다녀와서 공부하려고 식탁에 앉았을 때였다. 언니에게 빌린 노트북으로 이런 자료를 보고 있자니 손바닥에 땀이 조금 배어나왔다. 소리를 죽인 채 티브이 채널을 이리저리 돌리고 있는 언니를 곁눈질하며 기사 링크를 하나씩 클릭해보았다. 건조하지만 끔찍한 내용들이었다. 비슷한 패턴의 사건도 꽤 되었다. 그리고 터무니없이 약한 처벌 수위. 이 사실이 뾰족한 창이 되어 가슴을 찌르는 것 같았다. 나는 방패를 집어 드는 심정으로 스크롤을 빠르게 내리다가 불현듯 눈을 붙잡는 문장에서 멈추었다.

'피해자 여럿이 뭉쳤다.'

내용은 이랬다. 어느 불법촬영 피해자가 경찰에 신고했다. 경찰은 미온적인 태도를 보였다. 그 피해자는 우연히 자신과 같은 피해자가 여럿 있다는 사실을 알게 되었다. 그는 다른 피해자들을 찾아 함께 다시 경찰에 사건을 신고했다. 몇 달 뒤 경찰은 피의자에 대해 '혐의없음' 처분을 내려 사건을 불송치했다. 이들은 이 문제를 끈질기게 추적하고 있는 기자를 찾아갔다. 그리고 기자와 피해자들은 이 사건을 계속해서 기사로, 칼럼으로 공론화했다. 그러는 동안 같은 피해를 당한 사람들이 계속해서 이들에게 연락을 해왔다. 이 피해자들은 현재 경찰에 재수사를 요구하고, 직접 가해자를 추적하는 중이다. 그리고 기사의 마지막 문장은 이랬다.

여러분의 제보를 기다립니다.

나는 기사의 링크를 바인에게 보내며 물었다. 이거 기억나? 바인은 자기도 그 기사에 눈길이 갔다면서 우리도 그쪽에 연락해보는 게 어떨까,라고 말했다. 하지만 우리 마음대로 결정해도 될까, 언니에게 먼저 얘기해야 하는 게 아닐까. 나는 망설이는 바인에게 내가 얘기해보겠다고 했다.

언니는 요 며칠 기분이 괜찮아 보였다. 여전히 자주 멍한 채로 있었지만 식사량도 조금 늘었고, 산책도 귀찮아하지 않았다. 침대에 누워 있는 시간이 많았지만 악몽을 꾸는 일은 줄어든 듯했다. 처음 보았을 때 언니는 젖은 수건 같았다. 조금씩 보송보송해지는 언니를 다시 물에 담그고 싶진 않았다. 저녁을 먹다가도, 화장실을 다녀오다가도 언니에게 말을 꺼내려다 입이 떨어지지 않아 포기했다. 아기 앞에서 프로펠러처럼 꼬리를 흔드는 강아지 영상을 보여주며 천진하게 웃는 언니에게, 이런 얘기를 차마 건넬 수가 없었다. 하지만 해야 해. 나는 숨을 크게 들이마시고, 기지개를 한 번 켜고, 소리 나게 노트북을 닫으면서 언니에게 아이스크림 사 먹으러 가자고 말했다. 이 시간에? 별로 생각 없다는 언니에게 콧바람 좀 넣어야 집중될 것 같아서 그래요,라고 말하며 언니를 억지로 일으켰다.

나란히 모자를 꾹 눌러쓰고 파자마 바지를 입은 채로 편의점으로 걸어가는 우리가 꼭 자매 같다는 생각이 들었다.

"있죠, 늘 언니가 갖고 싶었어요."

"어? 나도."

"안됐네요. 나는 언니가 생겼는데."

"근데 나는 서인이 네가 언니 같아."

"그럼 서로 언니 해주면 되겠다."

"오? 그러자, 서로 언니 하자."

그런 이상한 말들을 주고받으면서 우리는 편의점으로 들어섰다. 낮처럼 환한 편의점 안으로 들어가는 언니, 원 플러스 원 판매 중인 아이스크림을 고르고는 이게 얼마나 맛있는지 열심히 나를 설득하는 언니, 같은 걸 먹겠다고 하자 오키오키 하며 작게 흥얼거리는 언니, 계산을 마치자마자 포장을 뜯어버리고 곧장 입에 아이스크림을 가져가는 언니 곁에서 나는 계속 잘못한 사람처럼 언니 눈치를 봤다. 편의점을 나와 나는 집 반대 방향으로 좀 더 걷자고 했다. 아이스크림을 크게 한 입 물고 천천히 입안에서 녹이던 언니는 과장되게 걸음을 뚝 멈추고 말했다. 뭔데, 나한테 할 말 있음 그냥 해도 돼.

나는 조금 더 망설이다가 미안하다는 말로 얘기를 시작했다. 부탁이 있어요. 바인이 찾아낸 건데, 가해자를 쫓고 있는 피해자들이 있어요. 언니만 허락한다면 그 사람들에게 연락을 해보고 싶어요. 언니는 말이 없었다. 아이스크림 끝부분이 녹아 바닥에 뚝뚝 자국을 남겼다. 동시에 그 위로 빗방울이 하나둘 떨어졌다. 언니는 빗줄기가 점점 굵어지는데도 아랑곳하지 않았다. 비를 맞은 아이스크림이 점점 더 빨리 녹고 있었다. 쓰레기통을 찾아 두리번거리다 버스 정류장에 있는 것을 발견해 언니, 그거 줘요, 저기 버리고 올게요,라고 말하는데 그러자, 언니가 말했다.

"그러자. 연락해보자."

그렇게 말하는 언니 얼굴이 젖어 있었다. 비 때문일 것이었다. 나는 언니를 향해 활짝 웃었다.

"고마워, 언니."

"고마워, 언니."

———

안녕하세요, 황서인이라고 합니다. 만나 뵐 수 있을까요?

연락처에서 '담임'을 검색해 메시지를 보냈다. 아르바이트를 끝내고 나오는 길에 순전히 충동적으로 저지른 일이었다. 사장님이 안겨준 고소한 빵 때문일까. 소

화가 잘되고, 식어도 맛있는 사장님표 크루아상과 소
금빵이 여러 개 담긴 빵 봉지를 안고 돌아가는 길이니
까. 아니면 어젯밤 지윤 언니가 한 말 때문일지도 몰랐
다. 비를 홀딱 맞고 돌아와 물이 뚝뚝 떨어지는 머리를
수건으로 감싸며 언니가 말했었다. 매일 아르바이트하
러 가고, 새로운 사람을 사귀고, 공부를 하고, 일상을
꾸리는 너 덕분에 힘을 내볼 용기가 나. 그렇지만 나는
언니의 결심 덕분에 담임을 만나보겠다는 생각을 한
것이다. 만나고 나서, 어떤 결론을 얻게 되든, 그것을
그대로 지윤 언니에게 보여주고 싶었다. 언니가 거기
서 또 용기를 적립했으면 했다.

엄지손가락이 전송 버튼 위에서 가늘게 떨렸다. 나
쁜 선택이 아니길 바라면서 숨을 멈추고, 그대로 버튼
을 꾹 눌렀다. 눈을 조금 길게 감았다 떴나? 기다렸다
는 듯 돌아온 답장에는 이번 주말, 서울에 가겠다는 내
용이 담겨 있었다. 이렇게 당장이라니. 기다릴 것도 없
이 너무 빠르다. 나는 일러바치듯 바인에게 연락했다.
담임한테 연락했어, 당장 이번 주말에 만나자는데. 역

시 기다렸다는 듯 도착한 답장에서 바인은 망설이지 말라고, 꼭 만나라고, 자기는 주말에 서울에 가지 않고 집에 있겠다고 했다. 우르르 도착하는 메시지를 보면서 진짜 그래야 하려나, 생각했다. 아무튼 바인이 내 등을 떠미는 이유가 궁금하기도 했다. 심호흡을 한 번 하고, 담임에게 만날 장소와 시간을 적어 보냈다.

회색빛 단발머리를 한 중년 여성이 담임일 거라고는 예상하지 못했다. 빠른 답장, 경제적인 문장, 추진력 같은 것을 보면서 나는 막연히 지윤 언니의 모습을 상상했다. 지금의 언니와는 잘 어울리지 않지만 어쩐지 언니처럼 몸이 가늘고 얼굴이 하얀 사람일 거라고, 그가 엄마보다는 내 쪽에 가까운 나이일 거라고 예상했던 것이다.

약속한 카페는 주말이어선지 사람들로 북적였다. 마주 앉아 각자의 전화기를 내려다보고 있는 커플과 다리를 쫙 벌리고 앉아 있는 아저씨를 지나치자 넓은 테이블에 내 또래의 한 무리가 자리를 차지한 채 큰 목소리로 떠들고 있었다. 나는 그들에게서 제일 멀리 떨어진 구석에 자리를 잡았다. 앉은 지 얼마 지나지 않아 웬 중년 여성이 다가왔다. 혹시 황서인? 뜻밖의 모습에 팅기듯 일어나 꾸벅 인사를 했다. 그럴 필요 없어요, 편하게 앉으세요. 나는 공연히 들썩이는 심장을 모르는 척하면서 엉거주춤 자리에 앉아 그를 보았다. 꾹 다문 일자 입술과 조금 팬 양 볼, 그리고 각진 턱으로 이어지는 얼굴 아래쪽은 신중하고 엄격한 그의 성격을 보여주는 듯했다. 그래서인지 강인해 보이는 인상이었고 그 사실에 괜히 겁이 났다. 그런데 자세히 보니 안경 너머의 눈이 놀랍도록 맑았다. 더 안심한 것은, 이 사람의 구름이 조금 떨고 있다는 것. 차분한 모습과 대조적이어서나는 얕게 웃었다. 저 사람도 긴장하고 있구나. 그 모습이 귀여웠다. 얼마간 풀어진 마음으로 안녕하세요, 하자 담임은 반가워요,라며 살짝 미소 지었다.

담임의 앞에 놓인 따뜻한 커피를 무심하게 바라보며 내가 주문한 레모네이드를 한 모금 들이켰을 때 그가 입을 뗐다.

"서인의 엄마를 만났어요."

담임은 내 얼굴을 똑바로 바라보며 말을 이었다. 엄마가 많이 괴로워하는 듯했다고, 하지만 섣불리 나와 엄마를 만나게 해선 안 된다 생각했다고 했다.

"서인은 명백한 가정폭력의 피해자니까요. 지금은 서인의 시간이에요."

내 표정이 어땠을까. 담임이 분명한 언어로 '가정폭력'이라고 말하자 가슴께가 아파왔다. 다시 레모네이드를 한 모금 들이켰다. 그리고 나는 처음 만난 타인에게 말할 수 없다고 생각한 것을 말하기 시작했다. 말하고 싶지 않았던 것, 기억에서 지워버리고 싶은 것, 그러나 내 몸에 깊이 새겨진 이야기들을. 내 말은 바구니 안에 담긴 돌멩이처럼 뒤죽박죽 굴러다녔다. 제멋대로 튀어나왔고 멀리로 굴러갔다. 데굴데굴 구르는 말을 어떻게 주워 담을지 고민할 겨를도 없이 다급했다. 서로 부딪치고 깨지는 말을 그냥 내버려두었다. 이상한 경험이었다. 내 안에 이렇게나 많은 돌멩이가 있는 줄 몰랐다. 그것들을 이 사람에게 다 흩뿌려놓을 줄 몰랐다. 그런데도 부끄럽지 않을 줄 몰랐다. 세상에 보아야 할 것은 오직 나 하나뿐이라는 듯 집중해서 나를 바라보는 눈빛이 그런 것을 가능하게 한 걸까. 내가 그 시선을 피하는 순간에도, 선명하게 떠오르는 어떤 기억 때문에 말을 잇지 못하는 때에도 그의 눈은 변함없이 내게 머물러 있었고 그 얼마간의 시간 동안에 나는 모든 소음과 배경이 말끔하게 삭제된 곳에서 그 맑은 눈빛과 단둘이 어디론가 다녀온 기분이 됐다.

이 기분의 정체를 궁금해하며 말을 마치자 담임은 고개를 깊이 숙이며 말했다.

"미안해요."

미안하다. 미안하다니.

어른에게서 한 번도 들어본 적 없는 말이었다. 엄마는 물론 할머니조차 내게 미안하다고 말하지 않았다. 이 말을 듣자 내가 몹시도 그 말을 기다려왔음을 깨달았다. 잘못을 부끄러워하고 그것을 인정해서, 내가 용서할 수 있게 해주기를 기다려왔음을 깨달았다. 내가 엄마를 용서하고 싶었다는 사실을 깨달았다. 그러나 나를 향해 고개 숙인 사람은 엄마가 아닌 담임이었다.

나는 어째서 당신이 미안하냐고 되묻지 않았다. 그냥 네, 했다.

그러자 담임이 조금 머뭇거렸다. 내 짧은 대답 때문은 아니었다. 무언가 하고 싶은 말이 있는 게 분명했다. 담임의 구름이 천천히, 그러다 점점 빠르게 비눗방울처럼 보글보글 부푸는 게 보였다. 내 얘기를 들을 때 얕게 이는 파도처럼 움직였던 것과는 사뭇 다른 모습이었다.

나는 듣고 싶었다. 진심으로 미안하다는 말을 하는 어른에게 그가 보여준 눈빛을 되돌려주고 싶었다. 제가 듣고 있어요. 말해도 괜찮아요. 나는 담임의 눈을 들여다보았다. 그의 구름이 조금씩 가라앉았다.

담임에게는 딸이 있었다. 담임의 인생은 모든 게 빨랐다. 빨리 졸업하고, 빨리 취직하고, 빨리 결혼을 했다. 그런데 아이가 늦었다. 담임은 결혼한 지 삼 년이 넘어서야 겨우 임신을 했다. 사소한 숙제조차 미룬 적 없던 담임은 임신 사실이 특별히 기쁘지 않았다. 그저 해야 할 것을 하나 해치운 기분이었다. 이제 다음 문제를 해결하듯 아이를 키워낼 것이었다. 남편은 달랐다. 그는 딸이 열어젖힌 한 세계를 만끽하는 데 온 정신을 빼앗겼다. 딸이 처음으로 한 말도 "아바"였다. 딸이 처음 걸었을 때, 유치원에서 발표회를 할 때, 학교에 가고 졸업을 할 때도 함께한 사람은 남편이었다. 담임은 삶이라는 트랙 위를 뛰느라 바빴다. 자녀가 있는 여자 교사로서는 드물게 승진에 필요한 점수에 악착같았고 목표로 세운 장학사가 되기 위해 앞만 보고 달렸다.

그렇지만 사는 건 계획대로 되지 않았다. 담임은 딸이 중학교에 들어가던 해에 남편과 이혼했다. 남편은 딸에게 지극한 사람이고 사람이 좋았지만 생활력은 없었다. 교사 신분의 아내를 내세워 빚을 져 번번이 사업을 벌이고 실패했다. 세 번째 사업 실패를 겪었을 때 두 사람은 이혼하기로 했다. 남편에게 딸을 위해서 떠나라고 말했다. 그는 경제력이 없으니까 당연히 양육권은 담임의 것이었다.

담임은 삶에 난 구멍들을 해결하는 데 타고난 사람이었다. 딸과 자신에게서 무능력한 남편을 떼어놓았으니 이제 문제가 없다고 생각했다. 딸의 말수가 크게 줄었어도 평생 학생들을 봐온 그였으니 딸이 그저 사춘기를 심하게 통과하는 거라고 생각할 따름이었다. 담임은 딸을 학교에서 만나는 학생들처럼 대했다.

"딸이…… 아, 그 애 이름은 가연이에요. 남편과 옥편을 뒤져가며 지은 이름이었죠. 아름답고 곱게 살라고. 딸이 떠나고 이름을 처음 불러보네요. 가연…… 그 애가 살아 있었다면 지금은 자기 삶을 살고 있겠죠? 직장에 다니고, 자기만의 공간도 갖고, 어쩌면 연애를 하고, 결혼을 했을지도 모르겠어요. 더 넓은 세상을 보겠다고 다른 나라로 떠나기도 했을까요. 하지만 이제 우리 가연이는 없네요. 그 애가 떠난 뒤에, 저는 가연이가 갖지 못한 미래를 자주 생각해요. 내가 빼앗은 것 같아서…… 많이 미안해요. 그렇지만 서인에게는 미래가 있어요. 그 미래보다 중요한 게 무얼까요. 지금은 사방이 막힌 것처럼 보여도 서인은 계속 걸어나갈 거고, 곧 너머가 보일 거예요. 원하는 곳에 생각보다 금방 도착할 거예요. 기억해요. 서인은 길을 만드는 사람이에요. 옳다고 믿는 대로 하면 돼요."

딸의 죽음 이후 담임은 학생들을 주의 깊게 보는 버릇이 생겼다고 했다. 딸 같은 아이들을 무심하게 바라볼 수가 없었다고 말이다. 담임이 세상을 감옥처럼 느끼는 학생들을 알아보고, 그들이 가고자 하는 길을 선택할 수 있도록 각별히 애써왔다는 사실은 후에 바인을 통해 알게 되었다.

말을 마친 담임은 엄마는 자기가 알아서 하겠다고 말했다. 자퇴에 대한 내 굳은 결심을 재확인한 뒤에 필요한 절차가 있지만 자신이 최대한 해결해보겠다고, 걱정하지 말고 지내고 있으라고도 했다. 그리고 무슨 일 있으면 꼭 연락하라고도.

나는 그 말에도 네, 했다.

지
윤

언니, 이번 주말에는 파티다!

바인에게서 온 메시지를 다시 읽었다. 서인의 자퇴 소식을 들은 바인은 자신이 파티를 준비하겠다고 했다. 언니는 아무것도 할 필요 없어, 그냥 비밀로만 해주면 돼, 라면서 '두근두근'이라는 글자가 작아졌다 커졌다 하는 이모티콘을 보내왔다. 그걸 읽을 때마다 나도 모르게 입꼬리가 올라갔다. 다시 읽고, 조금 웃고. 바인이 말한 이번 주말이 벌써 오늘이라는 걸 확인했다.

아무것도 하지 않아도 된다고 바인은 말했지만 나는

뭐라도 하고 싶었다. 바인을 데리러 서인이 집을 나간 사이 냉장고를 열어 자투리 채소들을 죄 꺼내보았다. 양파, 대파, 당근이 전부였다. 나는 오므라이스를 만들기로 했다. 양파와 당근을 잘게 썰고 밥과 함께 잘 볶은 뒤 달걀 오믈렛을 만들어 올렸다. 그 위에 케첩으로 '축 자퇴'라는 글씨도 비뚤게 새겼다. 다시 바인의 '두근두근' 이모티콘이 떠올라 조금 웃었다. 이제 곧 두 사람이 올 것이었다.

어머, 이게 무슨 냄새야아? 요란하게 킁킁대며 냄새 맡는 시늉을 하는 바인이 들어섰고, 그 뒤로 눈이 동그래진 서인이 보였다. 언니, 설마 요리를 했어요? 서인은 평소보다 두 단계는 올라간 톤으로 내게 물었다. 언니가 음식 만드는 거 나 처음 봐, 하면서 바인의 어깨를 여러 번 두드렸다. 바인은 비밀로 하기로 했던 파티 준비를 서인에게 다 들켜버렸다면서 서프라이즈는 됐고 그냥 놀자, 하며 양손에 한가득 들고 있던 짐을 풀기 시작했다. 그 순간 나와 눈이 마주친 서인은 바인을 못 말리겠다는 듯 장난스러운 표정을 지으며 고개를 절레절레했다.

알록달록 별이 잔뜩 박힌 고깔모자가 세 개, '50개 입'이라고 적힌 풍선 봉지가 하나, 직접 만든 게 분명한 '축하해사랑해서인짱'이 한 글자씩 적힌 갈런드 뭉치와 치즈케이크가 식탁 위에 어지럽게 놓였다.

바인이 갈런드를 벽에 붙이는 동안 서인과 나는 풍선을 분다. 설마 이거 다 불어야 하는 건 아니지, 언니 왜 이렇게 풍선을 못 불어요, 아우 입 아파, 수다를 떨면서 웃는다. 묶다가 놓치는 바람에 방귀 소리를 내며 어지럽게 날아가는 풍선을 보면서도 우리는 크게 웃는다. 풍선 불기에 영 실력이 없는 나는 그만 포기하고 방 한가운데에 상을 차리기로 한다. 치즈케이크와 까눌레와 오므라이스와 배추김치와 아이스티라는 이상한 조합에 우리는 다시 웃는다. 고깔모자의 턱끈에 얼굴이 잔뜩 조인 채 케이크에 초를 붙인 우리는 "자퇴 축하합니다, 자퇴 축하합니다, 사랑하는 서인의, 자퇴 축하합니다"를 합창한다. 세상에 자퇴를 축하하는 사람이 어딨어, 서인이 깔깔 웃으며 초를 후 불자 연기와 함께 매캐한 탄 냄새가 방을 채운다. 서인과 바인은 다 식어버린 오므라이스

를 한 입씩 먹으며 너무 맛있다는 말을 연발한다. 좀 짠
것 같은데, 내가 말하자 바인이 짜긴 짜다, 하며 아이스
티를 한 모금 마신다. 우리는 또 웃는다. 어설프고 이상
하고 어딘가 어색하면서도 묘하게 어울리는 이 방의 모
든 것이 웃겨서 우리가 웃는다.

그때 바인이 호들갑을 떨며 서인을 향해 담임에게 연
락했느냐고 물었다. 서인이 아직,이라고 말하자 바인은
지금 같이하자, 하고는 휴대폰을 집어 들었다. 서인은
모두가 있는 데서 인사를 할 것이 민망한지 나중에 하겠
다고 말했다. 나는 서인의 손목을 살며시 쥐고 말했다.

"우리, 고마운 마음은 바로 전하자."

나는 나에게 말하듯 서인에게 말하고 서인은 그런 나
를 알아차렸다. 그러고는 바인을 향해 근데 뭐라고 하
지, 하며 어리광을 부렸다.

"덕분에 자퇴할 수 있었습니다?"

바인의 말에 우리는 다시 크게 소리 내 웃었다. 한참
을 우리는 메시지 작성에 몰두했다. 서인은 함께 완성
한 문구에 자기만 아는 말 '미래를 찾을 수 있을 것 같아

요'를 덧붙여 담임이라는 사람에게 메시지를 보냈다. 답장이 놀랍도록 빠르게 도착했다. '곁에서 함께 걷고 있다는 걸 기억해줘요'라는 문장을 보자 따뜻한 차를 마신 것처럼 몸이 따뜻해졌다. 함께 걷고 있다. 걷는다. 함께.

"이런 날만 있으면 좋겠다."

내가 말하자 두 사람은 그러게, 했다. 이어 우리는 말이 없었다. 말이 없는데도 괜찮았다.

나는 엉덩이를 조금 밀어서 티브이 앞으로 갔다. 서랍장을 열어 흰색 직사각형의 길쭉한 상자를 꺼냈다. 브랜드 로고가 깔끔하게 음각된 상자 안에는 고급스러운 천에 감긴 펜이 들어 있었다. 대학교에 합격했을 때 아빠가 선물로 준 것이었다. 많이 쓰고 많이 배워, 보기보다 묵직한 펜을 만지작거리자 아빠가 말했었다. 이걸 주고 싶었어. 이 펜이 이제야 제대로 된 주인을 찾아가는 것 같다. 서인은 공중에 떠다니는 나비의 날개처럼 손바닥을 파닥거리면서 극구 사양했다. 이런 건 갖고 다니기도 무섭다면서 한사코 마다했다. 펜이 담긴 상자가 서인에게 갔다가 다시 나에게 왔다가 했다. 상자가 그렇게 몇 차례 이동하다 결국 서인의 손에 들렸다. 많이 쓰고 많이 배워. 나는 아빠에게 들은 말을 함께 건넸다. 서인은 나를 똑바로 보며 거의 들리지 않는 목소리로 고마워요, 했다. 펜을 받았을 때보다 건네는 지금이 더 기쁘다고 나는 말하고 싶어졌다. 함께해줘서 얼마나 고마운지 모른다고. 대신 이렇게 말했다.

"잃어버리면 안 돼. 꼭 붙잡아."

펜이 아니라 바인을, 네가 가질 수 있는 것들을 놓지 말라는 이야기를 서인은 알아들었을 것이었다. 서인은 곁에 내려놓은 가방에 상자를 넣고, 거기서 무언가를 꺼냈다. 서인 대신 바인이 말했다. 이 다정한 아이가 반달눈을 하고서 우리가 주는 거야, 언니 덕분에 여기까지 왔잖아, 했다. 나는 사양하지 않고 받았다. 상자를 단정하게 감싸고 있는 리본을 조심히 풀고, 포장지가 찢기지 않도록 천천히 테이프를 뜯었다. 포장을 모두 벗기자 상자 속에 자그마한 단지가 들어 있는데 이것이 무엇인지는 열어보지 않아도 알 수 있었다. 좋은 향이 나고 있었다. 봄의 향기. 크림 제형의 고체 향수가 담겨 있는 단지의 몸에는 이런 이름이 적혀 있었다. 이리스 매그놀리아. 그러니까 이것은 봄꽃이 담긴 단지. 나는 향기를 늘 지니고 다닐 수 있는 게 좋다고, 잘 쓰겠다고 말하면서 손안에 들린 봄을 꽉 쥐어보았다.

서
인

기말고사를 마친 바인이 오랜만에 서울에 오기로 한
주말이었다. 서둘렀는데 지각이었다. 역으로 바인을
마중하러 나가는 길에 몇 번이나 다시 집으로 돌아가
야 했기 때문이다. 가장 먼저 지갑을 두고 나왔고, 나가
보니 하늘이 흐려 우산을 챙겨 나왔다. 우산을 챙기다
가 신발장 옆에 휴대폰을 두고 와 다시 집에 갔을 때는
집에 지윤 언니가 없어서 다행이라고 생각했다.

  겨우 도착한 역에는 사람이 많았다. 바인을 빨리 만
나고 싶은 마음과 아무것도 닥치지 않길 바라는 마음

이 자꾸 뒤섞였다. 대합실 벤치에 앉아 있다가 나를 발견하고는 긴 팔다리를 휘저으며 걸어오는 바인을 보자 마음이 역에 있는 사람들만큼이나 와글거렸다. 내 쪽을 향해 기운차게 인사하는 바인도 보아하니 비슷한 마음인 것 같았다. 바인을 둘러싼 구름이 어지간히 무거워 보였으니까. 이 모든 게 우리가 오늘, 기사에서 알게 된 사람에게 연락하기로 했기 때문이었다.

바인과 나는 내심 일이 잘 안 풀릴 경우를 걱정했다. 그 마음을 몰아내기라도 하려는 듯 잘될 거라는 말을 반복해서 서로에게 건넸다. 덥고 습한 날씨를 피해 사람들은 실내에서 실내로 다니고 있었고, 덕분에 우리는 주변을 의식하지 않고 한산한 공원 벤치에서 이야기를 나눌 수 있었다. 아무 반응이 없으면 어쩌지. 이런 연락 많이 받지 않을까. 연락한 다음에 우리가 뭘 할 수 있을까. 주변에 아무도 없었지만 우리는 속삭였다. 하얀 나비 두 마리가 원을 그리며 우리 곁을 지나갔고, 잠시 우리는 말없이 그 춤을 지켜보았다. 언제 비를 쏟아낼지 모르는 먹구름 아래에서 이마에 송골송골 솟은

땀을 달고 바인이 말했다.

"일단 해보자. 해봐야 뭐라도 알게 되지."

그 말에 나는 고개를 끄덕이고, 기사에 안내된 이메일 주소를 복사했다. 그걸 받는 사람 칸에 붙여넣고 이메일을 작성하기 시작했다. 제목에 '디지털성범죄 피해 사건 제보합니다'라고 적고, 본문에 '안녕하세요'까지 쓰고는 바인을 쳐다보았다. 바인은 눈짓으로 계속하라고 말했다. 그때부터 지금껏 망설인 것이 무색하게 이야기가 실타래처럼 풀려나왔다. 비동의 불법 촬영, 유사 사건, 가해자 색출, 피해 회복 같은 단어를 넣어 내용을 채우고 마지막에 연락 기다리겠다는 인사를 적을 때까지 딱 한숨이 걸린 기분이었다.

내용을 최종 확인하기 위해 내가 들고 있던 휴대폰을 바인이 건네받았다. 바인이 그걸 읽는 동안 고개를 젖히고 굳은 어깨를 풀었다. 눈앞에 하늘을 조각낸 나뭇가지들이 보였다. 거기에 매달린 짙푸른 잎사귀들도 보였다. 정지된 화면을 재생하듯 이름 모를 작은 새들이 여기에서 저기로 날아다녔고 그때마다 나뭇가지가 짧은 춤을 췄다. 모든 것이 생생하게 살아 있었다. 공기마저도 그랬다. 이 세계가 지윤 언니에게도 재생되었으면 좋겠다. 나는 그런 생각을 하고 다시 바인을 보았다. 바인은 문장을 조금 만졌다며 휴대폰을 내게 돌려주었고, 조금 더 단단해진 메일을 읽은 뒤 나는 망설이지 않고 전송 버튼을 눌렀다. 몸이 한결 가벼워지는 동시에 견딜 수 없이 허기가 졌다.

주말이라 메일 확인 안 할지도 몰라. 기다리지 말고 얼른 집에 가자. 언니랑 맛있는 거 먹자. 바인은 내 손을 꼭 잡고 자리에서 일어섰다. 땀으로 축축한 바인의 손. 나는 그 손을 꼭 쥐고 말했다. 일단 가서 좀 씻자. 내 말에 바인이 크게 소리 내서 웃었다. 아무튼 괴짜라니까. 바인의 구름이 그 소리와 같은 박자로 춤을 췄다. 그 바람에 우리의 구름이 조금 겹쳐졌다. 나는 바인을 따라 큰 소리로 웃으면서 생각했다. 우리가 손을 꼭 잡은 이 순간을 오래오래 기억하고 싶다고.

집으로 돌아오는 내내 땀을 흘리던 바인은 이열치열이라며 매콤한 떡볶이를 해 먹자고 했다. 집에 있을 지윤 언니에게 연락을 하니 냉장고에 양파밖에 없다고 걱정했다. 간단하게 하면 돼, 떡이랑 쫄면만 사고, 소스도 그냥 사자, 하는 바인에게 내가 말했다. 난 대파 들어간 게 좋은데. 바인은 입술을 쭉 내밀고 아라쪄영, 했다. 바인의 기분이 좋아 보여서 덩달아 즐거워졌다. 함께 버스에 탄다, 마트에 간다, 각자 사고 싶은 것을 조금 더 고른다, 그러다 그냥 내려놓기도 한다, 저녁 식사를 준비한다, 걱정 없이 먹는다. 이 모든 것을 우리의 뜻대로 해나갈 수 있어 기뻤다. 담임선생님 덕분에 자퇴 문제가 해결되었고, 그동안 할머니에게도 몇 번 연락이 왔지만 나는 그곳에서의 일들이 점점 흐릿해지는 기분이었다. 여름의 맹렬한 기운 덕분일지도 몰랐다.

"너희들 뭐 좋은 일 있나봐?"

떡볶이 국물에 밥을 볶아 먹자는 바인의 옆구리를

찌르며 무리라고 말리고 있는데 언니가 물었다. 좋은 일? 생각보다 너무 큰 반응을 동시에 해버리고 말았다. 그냥 웃는 것으로 얼버무릴 수도 있을 텐데 우리는 그 대로 얼음이었다. 이상한 대치가 짧게 이어진 뒤 바인 은 자리에서 일어나 뭐 마실 거 없나, 하며 냉장고를 열 었고 나는 도망가는 바인을 조금 원망하면서 언니에게 말했다. 말을 해야 했다. 낮에 기자에게 연락을 했다고. 하지만 아무것도 진행된 건 없어서 언니한테는 나중에 얘기하려 했어요. 내 말을 듣는 언니는 담담했다. 잘했 어, 너희가 알아서 잘하겠지. 고마워. 바인은 언니에게 얼음 띄운 보리차를 내밀었다. 언니는 걱정 마. 우리만 믿어. 그 말이 '언니 걱정하는 우리 난 믿어'로 들려서 나는 깜짝 놀랐다. 뭔 소리지? 지윤 언니도 마찬가지였 는지 눈을 동그랗게 뜨고 바인을 보았다. 그러고는 피 식 웃는 것이다. 그게 무슨 말이야, 우리 난 믿어래, 나 도 언니를 따라 웃으며 바인을 놀렸고 바인은 아, 왜, 하며 영문을 모른 채 당황해 얼굴이 빨개졌다. 예전 같 았으면 언니가 숨어버릴까봐, 일이 잘못될까봐 온 힘을 다해 조심했을 텐데. 일들이 이렇게도 지나갈 수 있구나, 생각하며 순전히 습관적으로 휴대폰을 들었다.

"어?"

"왜?"

"어어?"

"뭐야, 왔어?"

답장에서 기자는 우리의 제보에 진심으로 감사를 드린다는 말과 함께 자신의 전화번호를 남겨두었다. 언제든지 연락 달라는 말도 함께였다. 우리 셋은 번갈아가며 메일을 읽고 또 읽었다. 세 명의 손에서 휴대폰이 세 바퀴쯤 돈 뒤에야 바인이 내 말이 맞지, 했다. 걱정 말라고 했잖아. 이럴 줄 알았다니까. 바인이 두 팔을 벌려 언니와 나를 끌어안고 말했다. 나도 힘차게 팔을 뻗어 바인과 지윤 언니를 끌어안았다. 그러자 언니도 두 팔로 우리를 감쌌다. 우리는 그렇게 엉켜서 잘될 거야, 이제 됐어, 했다.

이상한 낙관이 가득한 밤이었다.

지
운

도서관도 공원도 아닌 방향으로 걷는다. 이것이 오늘의 활동. 나는 늘 익숙한 길로 다니는 것을 좋아했다. 모르는 것을 무서워했다. 어쩐지 오늘은 바람을 신중히 감각하며 그것만을 따라 걷기로 했다. 가본다. 나는 걸으면서 편의점, 김밥집 같은 것을 눈여겨보았다. 집으로 돌아갈 때 지표 삼기 좋을 것이다. 막 들어선 길에 초등학교가 나타났다. 운동장에 있는 학생들의 외침 소리가 들렸다. 멋진 합창이라고 생각했다. 조금 웃고, 잠깐 서서 그 소리를 더 들었다. 등을 따라 한 줄기 땀이 흐르는 걸 온전하게 느껴보았다.

학생들의 노래가 들리고, 땀이 흐르고, 바람이 분다. 그리고 나는 모르는 길에 있었다. 그런데도 모든 것이 괜찮다고 느껴졌다. 오른쪽에 초등학교를 끼고 벽을 따라 걸었다. 모퉁이를 돌고, 숙였던 고개를 들자 돌연 꽃의 폭포가 나타났다. 학교 담장에 선명하게 붉은 능소화가 가득히 피어 있었다. 여름의 꽃, 저 꽃을 볼 때마다 엄마가 감탄해서 기억하고 있었다. 꽃이 뭐 그렇게 대단해, 하자 엄마는 이 뜨거운 여름에 얼마나 예쁘니, 했었다. 학원이 끝나고 잠깐 짬이 나 엄마와 산책을 하던 때였다. 늦은 시간이었는데 해가 길어서 아직 환했다. 나는 처음으로 순수하게 무언가를 바라보는 엄마를 엿본 기분이 들었다. 그래서 나도 모르게 그 꽃을 좋아하게 됐다. 능소화를 보면 열기와 붉은색과 나만이 존재하는 것처럼 느껴져서 좋았다. 오래 잊고 지냈다. 그 시간이 무색하게 나는 다시 미세하게 흔들리는 능소화 아래 한참 동안 서 있었다.

이제 어디로 갈까. 낯선 장소도 괜찮을 것이다. 주변

을 둘러보았다. 작고 하얀 카페가 눈에 들어왔다. 나는 망설이지 않고 그곳으로 갔다.

아무도 없는 조용한 실내에 들어서자 꾸밈없이 깨끗한 인상의 여자가 주방에서 일을 보고 있었다. 인기척을 느끼고 나를 향해 돌아서고는 어서 오세요, 했다. 어서 오라고. 서둘러 오라고. 환영한다는 그 말투와 몸짓이 좋았다. 커피를 고를까 망설이는데 그가 식사는 하셨어요? 물었다. 고개를 저으니 그럼 차로 하시는 게 어떠냐고 말했다. 맛있는 우롱차를 들였어요. 시원하게 해드릴게요. 나는 계산을 하고 창가에 자리를 잡았다. 이내 깨끗한 유리잔에 담긴 미색의 음료가 앞에 놓였다. 한 모금 마시니 땀이 식었다. 창밖을 내다보는데 아까 본 꽃들이 가득했다. 능소화, 참 예쁘죠? 옆 테이블에 앉은 사람이 부담스럽지 않게 말을 건넸다. 네, 정말 그래요. 나는 대답했다.

"제멋대로 예뻐요. 이렇게 더운데."

내가 말하자 그는 여전히 꽃에 시선을 두고 말했다.

"저는 그래서 능소화가 좋아요. 더위 같은 것, 타는 햇빛 같은 것 상관없이 나대로 살겠다고 하는 것 같아서요. 자기 꽃을 꿋꿋하게 피우겠다고 하는 것 같아서 좋아요."

그 말을 듣는데 꽃 한 송이가 바닥으로 뚝 떨어졌다. 떨어져도 전혀 상하지 않았다. 여전히 꽃잎이 선명하게 붉었다. 그것을 계속 관찰했다. 보지 않으면 사라질까 봐서.

얼음만 남을 때까지 알뜰하게 차를 모두 마시고 일어났다. 카페를 나서자마자 길을 건넜다. 카페에서 지켜보았던, 바닥에 떨어진 능소화 한 송이를 집어 들었다.

그때 휴대폰의 알람이 울렸다.

서인

바인의 여름방학이 시작되고 첫 주말, 바인과 나는 지윤 언니가 다니던 대학교 근처 카페에 초조하게 앉아 있었다. 기자를 통해 알게 된 대학생 활동가를 기다리는 중이었다. 기자에게 연락했을 때 그는 우리가 당사자가 아닌 연대인이기 때문에 해줄 수 있는 일이 더 많을 거라고 했다. 제보해주셔서 정말 감사드립니다. 이 사건은 제가 끝까지 추적할 거예요. 잘 부탁드려요. 그렇게 말하는 목소리가 잘 정돈된 음성이어서 안심이 됐다. 저희도 잘 부탁드립니다, 하는데 기자가 우선 우리가 만나야 할 사람이 있다고 말했다. 두 분이 아직 미성년자니까 저를 직접 통하는 것보다 그분과 이야기를 해보시는 게 더 나을 것 같아요. 대학생 활동가인데요, 두 분이 큰 도움이 될 겁니다. 나는 연대인, 활동가 같은 단어를 들으며 제보하기를 정말 잘했다고 생각했다. 정말로 무언가가 달라질 것 같은 생각이 들었기 때문이다. 우리만이 아니었다는 데에 기운이 났다. 사람들이 있어. 그게 큰 위로가 됐다.

카페 안에는 적지 않은 사람들이 있었는데 입구에 들어서자 곧장 우리 쪽으로 걸어온 사람은 자신을 활동가 이예은이라고 밝혔다. 자신이 그동안 해온 일들을 간단하게 소개하고 난 그는 우리에게 조심스럽게 물었다. 피해자분의 자료를 제가 확인해도 괜찮을까요. 그러기 위해 만난 자리였는데도 그는 자신이 지켜야 할 선을 넘지 않았다. 많은 사람을 만나면서 쌓인 태도일 터였다. 그 면모가 오래 남을 것 같았다. 나는 바인과 눈을 한번 맞추고 사진첩에 저장되어 있는 언니의 사진을 보여주었다. 실은 잘 보지 못하는 그 사진을,

떨리는 손으로 선택해 화면에 띄웠을 때는 조금 마음이 무너졌다. 이 사진 앞에서 무너진 마음들이 얼마나 많은지 생각하고 있는데 활동가가 화들짝 놀라며 물었다. 지윤이를 아세요?

그가 자세를 고쳐 앉고, 물을 한 모금 마시고, 사진 속 얼굴을 재확인한 뒤 천천히 말했다. 자신이 지윤 언니 일을 계기로 활동을 시작하게 되었다고, 지윤 언니처럼 피해를 당한 친구들이 너무 많았다고. 그러면서 그는 우리가 너무나 간절히 듣고 싶던 이야기를 해주었다.

"그 새끼, 잡혔어요. 안 그래도 지윤이한테 연락하려고 했는데 전화를 안 받더라고요. 이런 얘기를 메시지로는 차마 남길 수가 없어서 고민하고 있었는데. 좋은 분들이 곁에 있었네요. 아, 진짜 다행이다."

긴 침묵 후에 함께할 수 있는 것들에 대해 이야기 나누고, 다시 연락할 것을 약속한 뒤 활동가는 떠났다. 우리는, 자리에서 일어나지 못했다. 그가 우리에게 지윤 언니를 지켜줘서 고맙다고 울먹이며 말했기 때문이다.

바인은 고개를 숙이고 연신 코를 훌쩍이고 있었다. 어떻게 이런 일이 있어. 언니 혼자가 아니네. 바인이 말했고 나는 너무 다행이다, 했다. 아무것도 변한 게 없는데 많은 것이 변한 것 같았다. 지윤 언니가 보고 싶었다.

지
윤

바인과 서인이 일러준 공원에 도착했다. 시원한 카페에서 시원한 우롱차를 마시고 나선 참이었지만 공원에 가려고 버스 정류장으로 향하는데 금세 땀이 났다. 땀이 나도 괜찮았다. 그 일 이후 수시로 찾아오던 한기를 생각하면 더위가 차라리 안전하게 느껴졌다. 무더위 속에서 공원은 생생하게 살아 있었다. 맹렬한 매미 소리가 주변의 소음을 지웠다. 짙푸른 나뭇잎들은 만지면 그 초록빛이 손에 그대로 묻어날 것 같았다. 이런 곳에 공원이 있었구나. 자주 지나다니던 곳인데 전혀 몰랐다는 것을 깨달았다. 이곳이 단번에 좋아졌다.

인기척에 뒤를 돌아보니 바인과 서인이 손을 흔들며 걸어오고 있었다. 나도 돌아서서 인사를 했다. 생생하게 살아 있는 공원과 두 사람이 어딘지 닮았다. 봄을 잃어버린 대신 여름을 사랑하게 될 것 같다. 그런 생각을 하니 입가가 조금 올라갔다.

"언니는 이제 우리만 보면 웃네."

바인이 기분 좋은 목소리로 말했다. 내가 그러네, 하자 서인이 내 손을 꼭 잡았다. 뜨거운 서인의 손을 마주 잡자 가슴속에 남아 있던 약한 한기까지 사라지는 기분이 됐다. 우리는 손을 잡고 공원 안쪽으로 걸었다. 함께 손을 잡고 걸으며 가슴도 한껏 펴지는 기분으로. 더위 탓인지 사람이라곤 우리뿐이어서 편안한 숨을 내쉬게 되고, 주변을 살필 수도 있게 됐다. 키 큰 나무에 나란히 앉은 이름 모를 새들과 여름의 하얀 꽃들이 선명하게 눈에 들어왔다. 약간 축축한 흙의 냄새도 강하게 느껴졌다. 이 생명력에 머리가 아찔해질 정도였다.

바인이 그늘에 잠긴 벤치를 가리키며 저기에 앉자고

말했다. 함께 앉는 순간 바람이 불었다. 비가 온다고 했었나, 내가 중얼거리고 서인은 우산 없는데, 했다. 그러자 바인이 비 오면 그냥 맞자는 제안을 했다. 나와 서인은 그것도 나쁘지 않겠다며 고개를 끄덕이고 웃었다.

붉게 익은 바인의 양 볼과 땀이 흐르고 있는 서인의 이마를 바라보았다. 나도 둘과 비슷할까, 궁금했다. 여름에 땀을 흘리고, 비가 오면 맞고, 가을이 오고 겨울이 오고 다시 봄이 와도 괜찮을까 궁금하다. 두 사람과 비슷해지고 싶다고 생각한다. 그런 생각을 하는데 서인이 입을 열었다.

방금 활동가를 만나고 오는 길이라고. 그 사람이 다름 아닌 예은이라고 말했다. 말도 안 되는 우연에 놀랄 틈도 없이 범인이 잡혔다는 소식을 전했다. 그렇지만 그보다 큰 범죄 시스템이 있고, 활동가들은 그 시스템을 추적해야 한다고 경찰에 호소하고 있다고 말을 이었다. 그러니까 끝이 아니라 시작이라는 이야기. 나는 이 소식이 생각보다 충격적이지 않은 것이 의아했다. 예은이 이 일에 활동가로 몸을 담고 있다는 것도, 범인 한 명이 잡힌다고 해결되는 게 아니라는 것도 당연하게 느껴졌다. 처음으로, 두렵다는 느낌보다 화가 난다는 느낌이 더 크게 들었다. 자기 일처럼 이 일을 대하는 예은과 어떻게든 나의 회복을 위해 애쓰는 서인과 바인 곁에서 함께 움직이고 싶다고 생각했다. 내가 겪은 고통의 고리를 끊고 싶다고 생각했다. 언니, 괜찮아요? 내가 말이 없자 서인이 물었다.

"있지…… 좀 짜증 난다. 그 새끼 어떤 놈인지 몰라도. 이런 짓이나 하고."

내 말을 들은 바인이 무릎을 탁 치며 말했다. 언니, 짜증이 뭐냐. 시원하게 하고 싶은 만큼 욕을 해버려! 그러더니 자기가 먼저 힘껏 고함을 질렀다. 그런 욕을 너처럼 웃으면서 하는 사람이 어디 있냐고 나는 웃으며 말했고 서인은 같이해봐요, 하면서 바인을 따라 신나게 욕을 내질렀다. 나는 씨발, 하고 작게 말해보고 조금 더 큰 소리로 미친 새끼들아, 했다. 그러자 서인과 바인이 나를 보며 깔깔 웃었다. 내 욕이 너무 어설퍼서 안 되겠다며 바인은 욕하는 법을 알려주겠다고 말했다. 된소리를 더 넣으라는 둥 첫음절을 좀 더 길게 해보라는 둥 지침을 내리면서. 나는 그 말을 따라 다시 욕을 하고, 지켜보던 서인은 이제 배를 움켜쥐고 거의 울듯이 웃었다. 바인의 욕 수업은 서인의 커다란 웃음소리 안에서 한동안 계속됐다. 나는 바인에게 합격받은 방식으로 크게 욕을 했다. 하고 또 했다. 욕을 할 때마다 범인의 몸집이 작아졌다. 작아지고 작아지고 계속 작아져서 새끼손가락, 아니 새끼손톱만 해질 때까지 욕을 하자 비가 한두 방울 떨어지기 시작했다.

서인

"알았어요, 갈게요."

등을 떠미는 사장님의 손길을 느끼며 말했다. 사장님은 언제나 아르바이트가 끝나기 십 분 전부터 퇴근 준비를 시켰다. 어느덧 팔 개월, 나는 빵집 아르바이트가 심각하게 적성에 잘 맞는다는 농담을 할 정도로 일에 익숙해졌고 더 이상 퇴근 시간 같은 것은 눈치 보지 않는데도 사장님은 변함이 없었다. 얼른 가라, 사장님은 빵 빛깔을 닮은 종이봉투에 매일 다른 종류로 빵을 몇 개씩 담으면서 말했다. 어느덧 빵이 든 봉투를 뻔뻔

하게 받아 들고 퇴근하는 생활을 계속하고 있었다.

언제나처럼 봉투에서 고소한 냄새가 났다. 늘 그렇듯 사장님이 잘 가라며 손을 흔들어줘서 기분이 좋았다. 조금 흥얼거리기도 했을 것이다. 무심코 주머니에서 휴대폰을 꺼내보니 할머니에게서 부재중 전화가 와 있었다. 통화 안 한 지 오래됐네, 하며 할머니에게 전화를 걸었다. 뜻밖에 할머니 목소리가 잠겨 있었다.

"할머니, 목소리가 왜 그래?"

"나 지금 병원이다. 서인아, 할머니 보러 한번 와라. 여기 병원 주소 찍을 테니까."

할머니는 폭탄 같은 말을 던지고 전화를 끊어버렸다. 그동안 지치지도 않고 오라는 할머니 말에도 끝내 집에는 가지 않았었다. 겨우 벗어나고 있다고 생각했다. 회오리치는 엄마의 흙빛 구름이 여전히 꿈에 쫓아왔지만 견딜 만했다. 차곡차곡 꾸려가는 나의 생활을 의식하면서 지내는 지금이 만족스러웠다.

그런데 할머니가 병원에 있다. 언제부터? 대체 왜? 어디가 아파서 입원까지 한 건지, 처음 듣는 할머니의 목소리를 다시 떠올렸다. 그렇게 힘없는 목소리는 처음이야, 생각하는 틈으로 병원에 가면 엄마를 마주치지 않을까 하는 데에 생각이 미쳤다. 나를 어쩜 좋을까. 지금 엄마가 문제야? 할머니가 아프다는데. 곧장 집으로 가는 차표를 검색하면서, 빵 봉투를 던지듯 지윤 언니에게 안기고, 할머니를 보고 오겠다는 말을 남기고는 허둥지둥 가방을 챙겨 집을 나서면서 나는 내가 무척 당황하고 있음을 깨달았다. 할머니는 아플 수 없었다. 아파선 안 됐다. 왜냐하면 그래야 내가 홀로서기를 할 수 있으니까. 그래야 집을 신경 쓰지 않아도 되니까. 집은 내가 빠져나온 자리를 빼고는 그대로 있어줘야 했다.

얼마나 이기적인 생각이었나. 내가 집을 나왔다고 해도 엄마는 크게 달라지지 않았을 텐데, 그런 엄마를 할머니 혼자서 감당하고 있었을 텐데도 나는 내 앞가림에만 몰두했다. 나의 현재를 더 열심히 챙기면 과거 같은 것은 시간과 함께 휘휘 뒤로 물러날 거라고 믿었다. 하지만 아니었다. 과거는 난데없이 저 앞에서 회오리처럼 덮쳐왔다. 할머니가 많이 아프면 어떡하지. 할머니 곁에 있을 사람은 나인데. 나를 먹이고 돌본 할머니를 내가 결코 외면할 수 없다는 걸 나는 알았다. 두려웠다. 나를 원래 있던 자리로 데리고 가려는 힘이 강하게 느껴졌다. 나는 집으로 가는 내내 할머니를 향한 걱정과 엄마에 대한 반감, 어찌해볼 수 없는 상황이 닥칠 것에 대한 막막함이 질척하게 섞인 이상한 상태로 깊은숨을 내쉬었다.

병원 입구의 회전문에 끼어드는 타이밍을 세 번이나 놓치고, 들어서면 정면에 보이는 엘리베이터를 두고 그걸 찾느라 한동안 로비에 서서 두리번거렸다. 눈앞이 흐렸다. 병원에서 가장 먼저 나를 자극한 것은 시각이었다. 눈길을 두는 어디에나 사람들이 짙은 구름을 지고 있었고, 그런 구름들이 로비 전체에 안개처럼 퍼져 있었다. 미세하게 풍기는 소독약 냄새와 더불어 병원은 그 자체로 바깥세상과 구분되는 세계였다. 그리고 이 안에 할머니가 있었다.

할머니가 보낸 문자 메시지를 다시 확인했다. 1308호,

1308호……. 호수가 좀처럼 외워지질 않아 문자를 몇 번이나 다시 보면서 13층에 내렸다. 각 병실에서 흘러나오는 나직한 대화 소리와 티브이 소리가 들려왔다. 발을 내디딜 때마다 운동화에서 쩍쩍 소리가 나서 나도 모르게 까치발을 했다. 1308호는 엘리베이터에서 내려 왼편으로 가야 했고, 최선을 다해 발소리를 죽이면서 천천히 병실로 향했다. 문이 반쯤 열려 있는 병실 입구에 또렷하게 적혀 있는 할머니의 이름을 확인하자 가슴께가 딱딱해졌다. 나는 죄지은 사람처럼 작은 목소리로 할머니, 하며 병실로 들어갔다.

"아이고, 우리 서인이 왔냐아!"

할머니가 손뼉을 한 번 짝 치고는 침대에서 일어나 나를 향해 성큼성큼 걸어왔다.

"뭐…… 할머니 괜찮아?"

"너 보니까 이제 하나도 안 아프다. 너무 좋다."

할머니는 옆 침대에 앉아 있는 사람에게 여기 내 손녀딸, 하며 인사를 시켰다. 할머니보다 조금 어려 보이는 옆자리 할머니는 눈썹을 살짝 올리며 반가워요, 하고는 협탁에 놓여 있던 비타민 음료를 건네주었다. 공부 잘하고 착하다고 할머니가 얼마나 자랑을 하는지, 부러워서 혼났다니까. 음료를 받아드는 내 손을 덥석 잡으며 반가움을 전하는 그 할머니는 가만 보니 할머니를 쏙 뺐구먼, 하면서 입을 크게 벌리고 웃었다. 그 웃음처럼 포근한 구름이 할머니와 내 주변에 번져서 나는 그제야 조금 안심을 하고 할머니를 흘겨보았다. 할머니는 내 눈을 피하고는 과장된 말투로 무슨 소리, 우리 서인이가 훨씬 예쁘지. 키 큰 거 봐. 서인아, 밥은 먹었냐. 나가자, 할머니가 맛있는 거 사 줄게, 하면서 나를 병실 밖으로 끌고 나왔다.

지하 1층으로 내려가니 작은 편의점과 카페가 있었다. 할머니는 친근하게 카페 직원에게 인사를 건네고는 여기 과일주스가 맛있더라, 하면서 망고주스를 두 잔 주문했다.

"너 보고 싶어서 그랬다. 그래도 내가 안 아픈 거는 아니야."

할머니는 잔뜩 풀이 죽은 표정을 하고는, 그러나 장난스러운 웃음이 미세하게 번진 얼굴로 말했다. 어릴 때 나는 할머니의 이 얼굴을 좋아했었다. 얼굴에 녹아 있는 장난기가 할머니를 할머니가 아닌 한 명의 사람처럼 보이게 만들었다. 할머니 나이가 되어서도 저런 표정을 지을 수 있는 사람은 참 멋있다고 늘 생각했다. 닮고 싶었던, 참으로 오랜만에 보는 얼굴이었다.

할머니는 마트에 장을 보러 갔다가 수산 코너 앞에서 미끄러져 넘어졌다고 했다. 거기가 늘 미끄러웠는데 그날따라 사람들이 많아서…… 빨리 지나려다 삐끗했지 뭐냐. 나는 괜찮은데 거기 사장이 한사코 나를 병원에 입원시킨 거야. 나이가 있으니까 방심하면 안 된다나 뭐라나. 근데 서인아, 나는 딱 병원 체질이다. 옆에 아까 그 할마씨는 입맛 없다고 그렇게 밥을 남겨. 나는 있잖냐, 집에 있을 때보다 밥을 더 잘 먹는다. 남이 해주는 밥이 최고다. 이참에 아예 푹 쉬다 나갈란다. 할머니는 주절주절 얘기를 하고는 다시 그 천진한 표정을 지었다.

"근데 왜 혼자 있어, 엄마는."

엄마,라는 단어에 할머니의 구름이 작아졌다. 그것을 보자 괜히 미안해져서 망고주스를 한 모금 마신 뒤 할머니 팔뚝을 어루만지면서 말했다.

"그냥 궁금해서 물어보는 거야. 뭐라고 하는 거 아니야."

"서인아, 너 아직도 엄마가 미우냐?"

그런 얘기를 하려고 엄마 얘기 꺼낸 거 아니라고, 요즘엔 엄마 생각도 안 한다고 말을 하려는데 이상하게 그 말이 입 밖으로 나오지 않았다. 할머니는 엄마가 요즘 술도 덜 마시고, 가끔은 일찍 일어나 함께 아침을 먹기도 한다고 했다. 얼마 전엔 글쎄 드라이브를 가자는 거 아니냐, 할머니는 웃으며 말했다. 드라이브 좋았겠네, 하는 내 말이 끝나기도 전에 그러엄, 네 엄마 운전이 좀 거칠긴 해도 아주 요령이 좋더라, 하면서 그날의 나들이 얘기를 들려주었다. 규모가 꽤 큰 공원에 도착한 순간에 불던 바람, 마땅한 자리를 살피던 때의 느낌, 돗자리가 날아가지 않게 네 귀퉁이를 각자의 신발로 고이며 함께 웃었던 일, 미리 사 간 김밥에 아이스커피를 마시는 순간을 상세히 그린 끝에 너도 같이 있었으면 얼마나 좋았을까, 하고 할머니는 말했다.

"이제 집에 와라. 네 엄마도 예전 성질 아니야. 힘들어서 그렇지. 혼자 감당하느라 힘든 일도 있었고."

"할머니, 나 지금이 좋아. 나랑 엄마 걱정은 그만해. 우린 이대로가 더 나아."

할머니한테 엄마 얘기 들으니까 안심된다, 일부러 가볍게 말하고 나는 남은 망고주스를 마저 마신 뒤 자리에서 일어났다. 맞은편에 앉아 망연스레 나를 올려다보는 할머니의 얼굴에는 조금 전까지 번져 있던 웃음이 사라지고 없었다. 꼭 같이 살아야만 가족이 아닌 것처럼 같이 살지 않아도 가족이고, 가족은 내가 선택할 수도 있는 거라고 말하고 싶었지만 나는 그냥 할머니를 보고 웃었다. 할머니의 두 눈 속에 비친 내 얼굴을 의식하며 힘주어 말했다.

"난 괜찮으니까 걱정하지 마."

할머니는 잔을 만지작거리며 가만히 고개를 끄덕였다.

지
윤

비틀비틀, 팔랑팔랑 눈앞에 아른거리던 나비가 왼쪽
무릎 위에 내려앉았다. 목련 꽃잎처럼 노란빛이 옅게 한
방울 떨어진 흰 날개였다. 실수일까 의도일까. 잠시 생
각하다가 그런 건 중요하지 않다는 걸 깨달았다. 나는
나비를 환영하는 마음으로 무릎이 흔들리지 않게 허벅
지에 힘을 주었다. 고개를 드니 서인이 막 건물 밖으로
모습을 드러내고 있었다. 내가 길 건너 벤치에 앉아 있
는 것을 알아채지 못한 서인이 두리번거렸다. 나는 나비
를 신경 쓰면서 조심스럽게 서인을 향해 손을 들어 보였

다. 서인은 금방 나를 발견하고, 웃었다.

수업은 어땠어? 날아가는 나비를 눈으로 좇으며 곁에 앉은 서인에게 묻자 서인은 기다렸다는 듯 강의에서 재미있었던 부분과 좀 더 알아보고 싶은 부분을 줄줄 이야기했다. 교수님이 젊은 여자분이거든요. 카리스마가 장난 아니에요. 웬 남자애가 거지 같은 질문을 계속하니까 딱 자르더니 그건 뉴스 기사만 몇 개 찾아봐도 알 수 있다고, 무식한 말로 다른 학생들 시간 뺏지 말라고 하는 거 있죠. 완전 반했어요. 서인은 엄지손가락을 치켜들며 그렇게 말한다. 언니도 다음 학기에 이 교수님 수업 꼭 들어보세요. 분명히 재미있을 거예요. 네가 그렇게 말하면 무조건 재미있겠지. 나는 그러겠다고 약속했다.

서인과 함께 학교생활을 시작한 지 한 달. 서인과 나는 늘 그렇듯 서로의 수업이 끝나기를 기다렸다가 같이 집으로 돌아갔다. 서인은 나를 기다리느라 머물던 도서관에서 발견한 책을 추천하고, 나는 내가 좋아하는 오래된 나무가 있는 곳을 서인에게 알려주면서 이곳을 새롭게 써나가고 있었다. 꼭 바인이 원한 대로였다.

바인이 대학에 진학하지 않고 예은을 통해 알게 된 활동가들과 함께 본격적으로 추적 활동을 하겠다고 했을 때만 해도 이런 일상은 상상하지 못했다. 거의 전생 같던 세 번의 봄을 지나 다시 맞은 봄에 학교에 앉아 있을 줄은, 꿈에도 생각하지 않았다. 내가 봄을 되찾을 거라고는 정말이지 기대하지 않았었다.

하지만 여기 나는 있다. 바인 덕분에. 그리고 서인 덕분에.

"무슨 생각하는지 맞춰볼까요?"

"그거 알지? 너 진짜 무서울 때가 있어."

"그 말 바인도 맨날 하는데."

"그래서 좋아. 바인도 그럴 거야."

서인은 내 말에 둥글게 웃었다. 그런데요, 할 말이 있어요. 서인이 사뭇 심각한 목소리로 말해서 긴장이 됐다. 서인은 크게 숨을 한 번 쉬고 말했다.

"이제 구름이 보이지 않아요."

말하는 서인의 머리 뒤로 나비가 여전히 날갯짓을 하고 있었다. 아쉬워하는 목소리는 아니었다. 하지만 이해되지 않았다. 서인은 내가 학교에서 원래 알던 과 사람들과 마주치는 것을 말하지 않아도 눈치챘었다. 그러고는 나를 재빨리 과거의 웅덩이에서 꺼냈다. 그럴 때 구름 봤던 거 아니었어? 내가 묻자 서인은 그건 구름 아니어도 당연히 알죠, 하며 팔짱을 껴왔다. 사실 서인에게 구름을 본다는 것은 삶에 무게를 더하는 일이었을 것이다. 보이지 않는다는 말은 이제 구름을 상관하지 않겠다는 말이 아닐까. 그것 없이도 온전할 수 있다는 선언이지 않을까. 나는 그런 생각을 하며 쌀쌀한 봄기운을 밀어내는 서인의 체온을 느꼈다. 긴장했던 어깨가 편하게 내려가고, 바람에 벚꽃잎 날아가는 모양에서도 온기가 느껴졌다. 서인은 곧 내 쪽으로 몸을 돌려 말했다.

"내가 왜 언니랑 같은 학교를 택했는데요. 내가 언니의 언니니까, 지켜주는 게 당연하지 않겠어요. 언니는 나를 지켜주고요."

그러고는 장난스러운 윙크를 했다. 나는 소리 나게 웃었다.

"고마워, 언니."

"나도 고마워요, 언니."

그때 바인에게 전화가 걸려왔다. 오늘 우리 집에서 자고 가겠다는 것이었다. 충전이 필요해, 전화기 너머에서 바인이 말하는데 옆에서 서인이 왜 나한테 전화 안 하고 언니한테 하는 거야, 하고 투덜거렸다. 바인은 황서인 목소리 다 들려, 너한테 계속 전화했거든, 했다. 그제야 부재중 통화 목록을 확인한 서인이 놀라서 사과했다. 저녁 메뉴를 묻고는, 서인이 저녁 식사를 만드는 것으로 용서를 받았다. 전화를 끊고 서인은 바인의 목소리가 어떤 것 같은지 물었다. 요즘 바인이 무리하는 것 같다며 걱정하는 것이었다. 나도 같은 생각이었다. 바인은 자기 생활도 없이 추적 활동에 열심이었으니까. 한동안은 무리하지 말라고 바인을 볼 때마다 잔소리했지만 서인과 나는 이제 바인이 필요할 때 잘 쉴 수 있도록 곁을 내주는 것으로 그 활동에 힘을 싣고 있었다. 바인이 그것을 원했다. 이 길에 바인을 들인 것이 나라는 사실 때문에 언제나 미안함을 먼저 느꼈지만, 바인은 스스로의 선택으로 자기 길을 만들고 있다는 것을 계속 기억하려 한다. 그럴 수 있도록, 바인과 서인이 만들어주었다.

　바인이 집에 도착할 때까지 우리는 바쁘게 움직였다. 바인의 전화를 끊자마자 학교를 나선 나와 서인은 바인이 먹고 싶다던 김치전에 들어갈 재료를 사러 마트에 갔다. 우선 파와 고추를 고르고 그보다 꼭 사야 할 것이 있는 주류 코너로 갔다. 김치전은 핑계이고, 바인이 말한 것은 막걸리라는 것을 아니까.

　"완전 시원하다! 김치전이랑 막걸리는 왜 이렇게 잘 어울리는 거야?"

　윗입술 양 끝에 하얗게 막걸리 방울을 묻힌 채로 바인이 외쳤다. 나는 도대체 막걸리를 무슨 맛으로 먹는지 모르겠다고 생각하지만 지극히 만족스러워하는 바인을 보며 어쨌든 좋다고 생각했다. 너희가 이렇게 술꾼일 줄 누가 알았어, 내가 말하자 서인은 나는 빼줘요, 했다. 바인이랑 있을 때를 빼고는 술을 찾지 않는 서인이 억울할 만하다고 내가 편을 들자 바인이 한껏 과장하면서 근데 나보다 술 훨씬 센 거 알지, 언니? 했다. 우리는 마음껏 웃었다. 내 잔에는 사이다를 채우고 각자의 잔을 들어

건배했다. 이상하게 취기가 오르는 기분이었다.

"서인이 이제 구름 안 보인대."

내 말에 바인은 별로 놀라지도 않고 어머, 진짜, 할 따름이었다. 서인은 편하게 풀어진 표정으로 바인을 보다가 나를 향해 말했다. 얼마 전에 예은 언니랑 연락했는데요, 바인이 촉이 장난 아니래요. 벌써 몇 명이나 찾아냈다던데.

그래서 능력자 된 기분이 어때, 나야 뭐 원래 탁월했으니까, 너 우리 앞에서만 이러는 거 맞지, 사실을 말하는 건데 뭐, 서인과 바인이 툭탁툭탁하면서 편안하게 손을 맞잡았다. 나는 그런 두 사람이 보기 좋아서 휴대폰을 꺼내 사진을 찍었다. 서인이 놀라며 한발 늦게 손으로 얼굴을 가렸고, 바인은 그 사진 나한테 보내줘, 했다. 나는 이어 사진을 몇 장 더 찍었다. 바인의 어깨 뒤로 숨은 서인을, 그런 서인을 끌어안는 바인을, 우리가 먹고 있는 술상을 사진으로 남겼다. 찍은 사진을 넘겨가며 보고 있는데 바인이 내게 물었다. 언니도 찍어도 돼? 나는 천천히 입으로 가져가던 사이다 잔을 내려놓았다. 서인은 나를 보고 조금 긴장한 듯 숨을 들이마셨다. 나는 다시 잔을 들어 사이다를 한 모금 마셨다. 그러고는 부탁했다.

"그럼. 예쁘게 찍어줘."

스무 살에 집에서 탈출하기 위해 틈틈이 짐 싸는 연습을 하는 소녀가 있다. 그녀의 이름은 서인. 기댈 수 있는 가족은 엄마와 할머니뿐인데, 엄마의 정서적 학대는 나날이 심해지고 할머니는 손녀가 자신의 딸을 이해해주기를 바랄 뿐이다. 서인의 눈에만 보이는 것이 하나 있다. 다른 사람의 어깨에 목도리처럼 걸쳐져 있는 무언가. 서인은 그것을 '구름'이라 부른다. 서인은 그 구름을 보며 다른 사람들과 자신의 감정을 배웠다.

마음이 전쟁터인 대학생이 있다. 그녀의 이름은 지윤.

어느 날부터인가 '무방비로 흐트러진' 사진 속에 갇혀 인터넷을 떠돌게 된 그녀는 아무도 그 사진으로부터 자신을 유추할 수 없도록 고요히 사라지고 싶다는 절망과 스스로를 '괴물'로 인지하는 가차 없는 혐오 사이를 오가며 파괴되는 중이다. 다른 사람들 앞에서 '잘 포장한 꽃다발'처럼 그녀를 전시해온 그녀의 엄마는 딸이 처한 고통을 알 리 없다.

서인과 지윤 사이엔 한 사람이 있다. 서인에게는 거의 유일한 친구 '바인'이자 지윤에게는 사촌 동생인 '보연'. 그녀에게는 구름을 볼 수 있는 능력은 없지만, 그 대신 체온이 있다. 그녀는 그 체온으로 엄마의 막말에 병들어가는 서인을, 한때의 애인과 가장 친했던 친구도 믿을 수 없게 된 지윤을 안아주고 보듬어준다. 그들의 짐을 나눠 갖고 싶어 곁에 있어주는 것을 자처할 뿐 아니라 두 사람을 연결해주기까지 한다.

서인과 지윤은 바인 혹은 보연을 다리 삼아 그렇게 만나 하나의 가족을 이룬다. 공간을 나눠 쓰는 것에서 그치지 않고, 서로의 생활을 챙기고 끼니를 걱정하며 밖에서 다치고 돌아온 건 아닌지 세심히 살펴보기도 하는 진짜 가족. 너로 인해 내 삶이 망가졌다며 소리 지르거나 대외적으로는 예쁘고 얌전히 있어줄 것을 요구하는 그들의 엄마들은 그들이 다다른 가족 형태에 존재하지 않는다.

신연선의 『구름이 겹치면』은 이렇듯 기존의 가족 범위 바깥에서 움트는 여성들의 연대와 우정의 가치를 이야기한다. 우리는 알고 있다. 언제든 폭력의 대상이 될 수 있고 동의하지 않은 사진이나 영상에 갇혀 익명의 사람들에게 난폭한 희롱을 받을 수도 있는 이 시대 여성들의 연약한 현실을. 그들, 아니 우리에게 가족 이상의 공간과 관계가 얼마나 절실하게 필요한지도. 알면서도, 선뜻 나서서 발화하지 못한 그 이야기를 신연선은 소설로 구현한다. 서인과 지윤, 바인 혹은 보연의 구체적인 얼굴로, 너의 잘못이 아니라고 속삭이는 그들의 공통된 언어로, 밑줄 치며 기억하고 싶은 아름다운 문장들로.

한 편의 소설이 우편처럼 도착했다.
한 명의 작가가 선물처럼 다가왔다.

세상에 노크하기 위해, 우리가 제대로 살펴보지 못한 현실의 접힌 페이지를 조심스레 펼쳐 보이며 한 뼘 더 보자고 말 건네기 위해, 손잡아주고 보듬어주기 위해, 용기를 증여하기 위해, '언니'가 되어주기 위해, 함께 분노하고 함께 울기 위해.

기다리던 우편이, 받고 싶었던 선물이 이제 우리 눈앞에 있다.

우리 시대에 꼭 필요한 소설 신연선의 『구름이 겹치면』을 함께 독해하자고, 지금도 혼자 울고 있거나 혼자 분노하고 있을 독자분들에게 나는 간절한 초대장을 보내고 싶다.

추천의 글 | 오은(시인)

신연선의 첫 장편 『구름이 겹치면』은 잇고 응원하는 소
설이다. 학교 안팎의 청소년을, 갖가지 폭력의 피해자
를, 위험에 항시 노출된 존재를, 구조적 불평등의 한복
판에 있는 약자를, 힘겹게 벌어 근근이 살아가는 노동자
를, 다른 선택지가 없어 한길로만 가야 했던 이를, 그럼
에도 남은 이들을 건사하기 위해 새벽같이 일어나 밥을
짓는 노인을, 다시 시작할 수 있을지 자신 없는 상황에
서 가까스로 한 발을 뗀 사람을, 그를 일으킨 든든한 동
지를, 다름 아닌 여성들을. 이들을 연결하는 힘은 이해

로부터 비롯한다. 퐁당퐁당하듯 리듬감 있게 이어지는 문장에서는 한 명 한 명을 적극적으로 이해하겠다는 작가의 곡진한 마음이 느껴질 정도다.

이 소설은 또한 상처 입은 자들이 그것을 힘입음으로 덧입는 이야기이기도 하다. 서로의 아픔을 알아본 이들은 위로하는 데서 그치지 않는다. 함께 걸으면서, 어깨를 걸으면서, 순간을 겹치면서 이들은 다가올 미래를 천천히 맞이한다. 열어젖히는 방식이 아니라 가만히 여는 방식으로, 기다리기도 하고 기다려주기도 하면서. 서로 돕는 일은 상처를 포개는 일이기도 하다. 포갠 상처에서는 천천히, 그러나 반드시 새살이 돋는다는 사실을 이들은 증명해낸다. 용기와 사랑이 전염될 때까지, 끈끈함과 질김이 끈질긴 연대가 될 때까지. 함께 잇고 입으면서 이들의 앞날을 전심으로 응원하게 된다.

구름이 겹치면 새로운 무늬가 나타난다. 구름이 걷히면 말끔한 해가 떠오른다. 이야기가 끝나고 이제 삶이 시작될 차례다.

거리낌 없는 평온한 기분으로 눈을 뜨고, 집 안의 창을 모두 열어 환기를 하고, 털친구 후추의 밥을 챙기고, 청소기를 돌리고, 토마토와 브로콜리 같은 순한 것들로 샐러드를 만들어 먹고, 후추와 함께 집 근처 작은 공원으로 산책을 다녀오고, 계절에 맞게 피고 지는 꽃들을 눈에 담고, 좋아하는 음악을 배경 삼아 소설의 세계에 푹 빠져 보내는 하루.

요즘은 이런 하루를 만들기 위해 최선을 다한다.

언젠가는 이런 '심심한' 하루가 싫어 밖으로 밖으로

나가고, 그로부터 무언가를 잔뜩 가져오기도 했었다. 물론 그때도 좋았지만, 지금은 그러는 걸 즐기지 않는다.

그동안 무슨 일이 있었냐 하면,

세상이 안전하지 않다는 것을 알았다.

이토록 위험한 세상을 다들 어떻게 살아가고 있는지? 어떻게 해야 매 순간 두려움에 떨지 않고 살아갈 수 있을지? 그런 질문을 오래 품고 있었다. 품는 시간이 길어질수록 겁이 많아졌다.

한동안 웅크리고 지내다 무서워서 도망치기를 그만두고 싶다고 생각했을 때, 눈앞에 얼굴들이 있었다. 그 얼굴들을 등대 삼아, 촛불 삼아 이야기를 썼다.

폭력으로 위축된 세계를 우정과 용기로 넓히는 이야기를 쓰고 싶었다. 넘어진 채 울기보다 일어서서 걷기로 결심하는 이야기를 쓰고 싶었다. 그것은 나를 위한 것이기도 했지만 무엇보다 우리를 위한 것이었다. 취약한 우리, 아파하는 우리, 그럼에도 혹은 그러므로 함께하려는 우리. 우리는 그러니까 이 글을 읽고 있는 당신.

무엇보다 악몽 없는 잠을 자고, 안전한 관계 안에서

함께 빵과 차와 밥을 나눠 먹고, 두려움 없이 산책을 하고, 원하는 공부를 하는 심심한 하루가 모두에게 당연하기를 바랐다.

자료를 정리하다 2018년 여름에 쓴 '내 작고 예쁜 꽃들'이라는 제목의 메모를 발견했다. 거기에는 "목련꽃, 벚꽃, 장미꽃, 능소화, 백일홍, 그리고 만수국 씨앗을 심었다"라고 적혀 있었다. 그 메모가 씨앗이 되었을까. 작고 예쁜 꽃들로 상처를 회복하는 장면을 쓸 수 있어서 좋았다. 올여름에는 제멋대로 예쁜 능소화를 찾아다닐 것이다.

내가 선택한 사람들과 가족을 이루기를 바란 마음을 읽어주신 조해진 작가님과 상처 입은 사람들이 서로로 인해 회복하기를 바란 마음을 읽어주신 오은 시인님께 깊고 깊은 감사를 전하고 싶다.

2022년에 시작한 소설이 막막함과 자포자기의 순간에 머물지 않도록 해준 것은 함께 쓰는 동료들이었다. 이 지적이고 다정한 사람들 덕분에 소설 쓰는 일이 결코 혼자서 하는 일이 아니라는 것을 배웠다.

쓰는 일을 열렬히 응원해주는 남편에게 신실한 사랑을.

무엇보다 '처음핀드'라는 귀한 자리에 첫 장편소설로 세상과 만나는 일생의 사건을 만들어주신 김선영 대표님께 각별한 우정을 보낸다.

처음 소설이라는 것을 썼던 스무 살의 나에게 계속 읽고 쓰다보면 너의 소설로 사람들과 연결될 거라고 얘기해줄 수 있다면 좋겠다. 그럴 수 없으니 읽고 쓰는 많은 분께 그 말을 대신 전한다. 계속 쓰자고. 써야 한다고.

우리의 구름이 겹치면 보이는 세계를 믿는다. 구름을 겹치고 겹쳐서 튼튼한 울타리를 만들고 싶다.

2025년 6월
신연선

구름이 겹치면

초판 1쇄 발행 2025년 6월 13일

지은이   신연선
편집   김선영
디자인   김지원
조판   한향림

펴낸곳   핀드
펴낸이   김선영
등록   2021년 8월 11일 제2023-000289호
주소   04017 서울시 마포구 동교로 31(망원동) 2층
전화   02-575-0210
팩스   02-2179-9210
이메일   pinned@pinned.co.kr
인스타그램 @pinnedbooks

ⓒ 신연선 2025
ISBN 979-11-990229-4-2 03810